古典名著聚珍文库

人间词话

[清] 王国维 著

浙江古籍出版社
Zhejiang Ancient Books Publishing House

图书在版编目（CIP）数据

人间词话 / 王国维著 . — 杭州 : 浙江古籍出版社，2013.4（2020.6 重印）

（古典名著聚珍文库）

ISBN 978-7-5540-0042-7

Ⅰ . ①人… Ⅱ . ①王… Ⅲ . ①词（文学）—诗词研究—中国—古代 Ⅳ . ① I207.23

中国版本图书馆 CIP 数据核字（2013）第 088895 号

人间词话

［清］王国维　著

出版发行　浙江古籍出版社

（杭州体育场路 347 号　电话：0571-85068292）

责任编辑　徐晓玲

责任校对　余　宏

封面设计　刘　欣

责任印务　贾　敏

激光照排　杭州立飞图文制作有限公司

印　　刷　浙江全能工艺美术印刷有限公司

开　　本　640 × 960　1/16

印　　张　7.5

字　　数　94 千字

版　　次　2013 年 5 月第 1 版

印　　次　2020 年 6 月第 4 次印刷

书　　号　ISBN 978-7-5540-0042-7

定　　价　12.00 元

出版说明

中国传统文化博大精深，源远流长。几千年来，曾流传的典籍浩如烟海，虽然如今大部分已经散佚，但仍至少有数万种得以留存。这些承载着中国传统文化的典籍，是前人给我们留下的丰厚遗产，但由于数量实在太庞大，一个人毕其一生也未必能够通读十分之一。怎样去了解它们的丰富内涵，取其精华，弃其糟粕，对大多数人来说都是一个难题。有鉴于此，我社特推出“古典名著聚珍文库”，帮助读者从经过历史长河千百年汰选而仍熠熠生辉的古典名著中，领略中国优秀传统文化的华茂丰赡，并从中汲取营养，去继承和发扬，去开拓和创新。

王国维（1877—1927），初名德桢，字静安，又字伯隅，晚号观堂，又有永观、人间等号，浙江海宁盐官人。著述甚丰，有《海宁王静安先生遗书》《红楼梦评论》《宋元戏曲考》《人间词话》《观堂集林》《古史新证》《曲录》《殷周制度论》《流沙坠简》等多种。

王国维是中国新学术的开拓者，连接中西美学的大家，精通英文、德文、日文，在文学、美学、史学、哲学、金石学、甲骨文、考古学等领域成就卓著。与梁启超、陈寅恪和赵元任并称清华国学研究院的“四大导师”。陈寅恪认为王国维的学术成就“几若无涯岸之可望，辙迹之可寻”。

《人间词话》作于1908年至1909年，最初发表于《国粹学报》，是中国近代最负盛名的一部词话著作。王国维用传统的词话形式及传统的概念、术语和思维逻辑，较为自然地融进了一些新的观念和方法，其总结的理论问题又具有相当普遍的意义，这就使这部作品在当时新旧两代读者中产生了重大反响，在中国近代文学批评史上具有崇高的地位。《人间词话》提出了“境界”说，王国维不仅把它视为创作原则，也把它当做评骘标准，论断诗词的演变，评价词人的得失、作品的优劣、词品的高低，均从“境界”出发。王国维受西方哲学影响，奉叔本华、尼采为精神导师，“无我之境”和“以物观物”直接承继了叔本华的哲学观点。而其“词人者，不失其赤子之心者也。故生于深宫之中，长于妇人之手，是后主为人君所短处，亦即为词人所长处”，“主观之诗人，不必多阅世。阅世愈浅，则性情愈真，李后主是也”，源于叔本华的天才论。王国维根据其文艺观，把多种多样的艺术境界划分为三种基本形态：“上焉者，意与境浑；其次，或以境胜；或以意胜。”王国维比较科学地分析了“景”与“情”的关系和产生的各种现象，在中国文学批评史上第一次提出了“造境”与“写境”，“理想”与“写实”的问题。还进一步论说文艺创作必有取舍，“所造之境必合乎自然”，虽“虚构之境，其材料必求之于自然，而构造亦必从自然之法则”。他试图把西方美学、文学理论融于中国传统美学和文学理论中，构成新的美学和文学理论体系，为我国第一人。从某种意义上说，他既集中国古典美学和文学理论之大成，又开中国现代美学和文学理论之先河。在中国美学和文学思想史上，他是从古代向现代过渡的桥梁，起到了承上启下、继往开来的作用。

《人间词》为王国维生前亲自编订的词集，《人间词甲稿》发表于 1906 年，《人间词乙稿》发表于 1907 年。《人间词》虽然作品不多，但“开词家未有之境”。

《人间词话》的版本情况较为复杂，本书在编排上作了一些必要的调整和补充。《人间词话》六十四条，以王国维亲自修订、《国粹学报》旧刊文字为准。《人间词话删稿》六十二条，系从国家图书馆藏王国维《人间词话》手稿本中删弃未刊部分辑出。《人间词话附录》二十六条，收王国维零星词论二十八则。为方便读者阅读，文中所引用的诗词全文罗列于每条原文之下。《人间词》的编订一依作品原貌，按原作发表时间排序，分为《人间词甲稿》《人间词乙稿》及《人间词附编》。工作疏失之处，敬祈读者教正。

浙江古籍出版社

2012年11月

目 录

人间词话

附：人间词

人　间　词　话

人间词话

一

词以境界为最上。有境界则自成高格，自有名句。五代北宋之词所以独绝者在此。

二

有造境，有写境，此理想与写实二派之所由分。然二者颇难分别。因大诗人所造之境，必合乎自然，所写之境，亦必邻于理想故也。

三

有有我之境，有无我之境。“泪眼问花花不语，乱红飞过秋千去。”“可堪孤馆闭春寒，杜鹃声里斜阳暮。”有我之境也。“采菊东篱下，悠然见南山。”“寒波澹澹起，白鸟悠悠下。”无我之境也。有我之境，以我观物，故物皆著我之色彩。无我之境，以物观物，故不知何者为我，何者为物。古人为词，写有我之境者为多，然未始不能写无我之境，此在豪杰之士能自树立耳。

蝶恋花

［宋］欧阳修

庭院深深深几许？杨柳堆烟，帘幕无重数。玉勒雕鞍游冶处，楼高不见章台路。　　雨横风狂三月暮，门掩黄昏，无计留春住。泪眼问花花不语，乱红飞过秋千去。

踏莎行

［宋］秦观

雾失楼台，月迷津渡，桃源望断无寻处。可堪孤馆闭春寒，杜鹃声里斜阳暮。　　驿寄梅花，鱼传尺素，砌成此恨无重数。郴江幸自绕郴山，为谁流下潇湘去！

饮　酒

［晋］陶渊明

结庐在人境，而无车马喧。
问君何能尔，心远地自偏。
采菊东篱下，悠然见南山。
山气日夕佳，飞鸟相与还。
此中有真意，欲辨已忘言。

颖亭留别

［金］元好问

故人重分携，临流驻归驾。
乾坤展清眺，万景若相借。
北风三日雪，太素秉元化。
九山郁峥嵘，了不受陵跨。

寒波澹澹起，白鸟悠悠下。

怀归人自急，物态本闲暇。

壶觞负吟啸，尘土足悲咤。

回首亭中人，平林淡如画。

四

无我之境，人惟于静中得之。有我之境，于由动之静时得之。故一优美，一宏壮也。

五

自然中之物，互相关系，互相限制。然其写之于文学及美术中也，必遗其关系、限制之处。故虽写实家，亦理想家也。又虽如何虚构之境，其材料必求之于自然，而其构造亦必从自然之法则。故虽理想家，亦写实家也。

六

境非独谓景物也。喜怒哀乐，亦人心中之一境界。故能写真景物、真感情者，谓之有境界。否则谓之无境界。

七

“红杏枝头春意闹”，著一“闹”字而境界全出。“云破月来花弄影”，著一“弄”字而境界全出矣。

玉楼春

［宋］宋祁

东城渐觉风光好，縠皱波纹迎客棹。绿杨烟外晓寒轻，红杏枝头春意闹。　浮生长恨欢娱少，肯爱千金轻一笑。为君持酒劝斜阳，且向花间留晚照。

天仙子

［宋］张先

《水调》数声持酒听，午醉醒来愁未醒。送春春去几时回？临晚镜，伤流景，往事后期空记省。　沙上并禽池上暝，云破月来花弄影。重重帘幕密遮灯，风不定，人初静，明日落红应满径。

八

境界有大小，不以是而分优劣。“细雨鱼儿出，微风燕子斜”，何遽不若“落日照大旗，马鸣风萧萧”。“宝帘闲挂小银钩”，何遽不若“雾失楼台，月迷津渡”也。

水槛遣心

［唐］杜甫

去郭轩楹敞，无村眺望赊。

澄江平少岸，幽树晚多花。

细雨鱼儿出，微风燕子斜。

城中十万户，此地两三家。

后出塞

［唐］杜甫

朝进东门营，暮上河阳桥。

落日照大旗，马鸣风萧萧。

平沙列万幕，部伍各见招。

中天悬明月，令严夜寂寥。

悲笳数声动，壮士惨不骄。

借问大将谁，恐是霍嫖姚。

浣溪沙

［宋］秦观

漠漠轻寒上小楼，晓阴无赖似穷秋，淡烟流水画屏幽。

自在飞花轻似梦，无边丝雨细如愁，宝帘闲挂小银钩。

九

严沧浪《诗话》谓：“盛唐诸公，唯在兴趣。羚羊挂角，无迹可求。故其妙处，透澈玲珑，不可凑拍。如空中之音、相中之色、水中之影、镜中之象，言有尽而意无穷。”余谓：北宋以前之词，亦复如是。然沧浪所谓兴趣，阮亭所谓神韵，犹不过道其面目，不若鄙人拈出“境界”二字，为探其本也。

一〇

太白纯以气象胜。“西风残照，汉家陵阙”，寥寥八字，遂关千古登临之口。后世唯范文正之《渔家傲》，夏英公之《喜迁莺》，差足继武，然气象已不逮矣。

忆秦娥

［唐］李白

箫声咽，秦娥梦断秦楼月。秦楼月，年年柳色，灞陵伤别。　　乐游原上清秋节，咸阳古道音尘绝。音尘绝，西风残照，汉家陵阙。

渔家傲

［宋］范仲淹

塞上秋来风景异，衡阳雁去无留意。四面边声连角起，千嶂里，长烟落日孤城闭。　　浊酒一杯家万里，燕然未勒归无计。羌管悠悠霜满地，人不寐，将军白发征夫泪。

喜迁莺

［宋］夏竦

霞散绮，月垂钩。帘卷未央楼。夜凉银汉截天流，宫阙锁清秋。　　瑶台树，金茎露。凤髓香盘烟雾。三千珠翠拥宸游，水殿按《凉州》。

一一

张皋文谓：“飞卿之词，深美闳约。”余谓：此四字唯冯正中足以当之。刘融斋谓："飞卿精艳绝人。"差近之耳。

一二

"画屏金鹧鸪"，飞卿语也，其词品似之。"弦上黄莺语"，端己语也，其词品亦似之。正中词品，若欲于其词句中求之，则"和泪试严妆"，殆近之欤？

更漏子

［唐］温庭筠

柳丝长，春雨细。花外漏声迢递。惊塞雁，起城乌。画屏金鹧鸪。　　香雾薄，透帘幕。惆怅谢家池阁。红烛背，绣帘垂。梦长君不知。

菩萨蛮

［五代前蜀］韦庄

红楼别夜堪惆怅，香灯半卷流苏帐。残月出门时，美人和泪辞。　　琵琶金翠羽，弦上黄莺语。劝我早归家，绿窗人似花。

菩萨蛮

［南唐］冯延巳

娇鬟堆枕钗横凤，溶溶春水杨花梦。红烛泪阑干，翠屏烟浪寒。　　锦壶催画箭，玉佩天涯远。和泪试严妆，落梅飞晓霜。

一三

南唐中主词："菡萏香销翠叶残，西风愁起绿波间。"大有众芳芜秽，美人迟暮之感。乃古今独赏其"细雨梦回鸡塞远，小楼吹彻玉笙寒"。故知解人正不易得。

山花子

［南唐］李璟

菡萏香销翠叶残，西风愁起绿波间。还与韶光共憔悴，不堪看。　细雨梦回鸡塞远，小楼吹彻玉笙寒。多少泪珠无限恨，倚阑干。

一四

温飞卿之词，句秀也。韦端己之词，骨秀也。李重光之词，神秀也。

一五

词至李后主而眼界始大，感慨遂深，遂变伶工之词而为士大夫之词。周介存置诸温、韦之下，可谓颠倒黑白矣。"自是人生长恨水长东"，"流水落花春去也，天上人间"，《金荃》《浣花》能有此气象耶？

相见欢

［南唐］李煜

林花谢了春红，太匆匆。无奈朝来寒雨晚来风。

胭脂泪，相留醉，几时重？自是人生长恨水长东。

浪淘沙

［南唐］李煜

帘外雨潺潺，春意阑珊，罗衾不耐五更寒。梦里不知身是客，一晌贪欢。　　独自莫凭栏，无限江山，别时容易见时难。流水落花春去也，天上人间。

一六

词人者，不失其赤子之心者也。故生于深宫之中，长于妇人之手，是后主为人君所短处，亦即为词人所长处。

一七

客观之诗人，不可不多阅世，阅世愈深，则材料愈丰富，愈变化，《水浒》《红楼梦》之作者是也。主观之诗人，不必多阅世，阅世愈浅，则性情愈真，李后主是也。

一八

尼采谓："一切文学，余爱以血书者。"后主之词，真所谓以血书者也。宋道君皇帝《燕山亭》词亦略似之。然道君不过自道身世之感，后主则俨有释迦、基督担荷人类罪恶之意，其大小固不同矣。

燕山亭

［宋］赵佶

裁翦冰绡，轻叠数重，冷淡胭脂匀注。新样靓妆，艳溢香融，羞杀蕊珠宫女。易得雕零，更多少无情风雨。愁苦。闲院落凄凉，几番春暮。　　凭寄离恨重重，这双燕，何曾会人言语。天遥地远，万水千山，知他故宫何处。怎不思量，除梦里有时曾去。无据。和梦也有时不做。

一九

冯正中词虽不失五代风格而堂庑特大，开北宋一代风气。与中、后二主词皆在《花间》范围之外，宜《花间集》中不登其只字也。

二〇

正中词除《鹊踏枝》《菩萨蛮》十数阕最煊赫外，如《醉花间》之“高树鹊衔巢，斜月明寒草”。余谓：韦苏州之“流萤渡高阁”、孟襄阳之“疏雨滴梧桐”，不能过也。

醉花间

［南唐］冯延巳

晴雪小园春未到，池边梅自早。高树鹊衔巢，斜月明寒草。　　山川风景好，自古金陵道。少年看却老。相逢莫厌醉金杯，别离多，欢会少。

寺居独夜寄崔主簿

［唐］韦应物

幽人寂不寐，木叶纷纷落。

寒雨暗深更，流萤度高阁。

坐使青灯晓，还伤夏衣薄。

宁知岁方晏，离居更萧索。

二一

欧九《浣溪沙》词："绿杨楼外出秋千。"晁补之谓：只一"出"字，便后人所不能道。余谓：此本于正中《上行杯》词"柳外秋千出画墙"，但欧语尤工耳。

浣溪沙

［宋］欧阳修

堤上游人逐画船，拍堤春水四垂天，绿杨楼外出秋千。

白发戴花君莫笑，《六幺》催拍盏频传，人生何处似尊前。

上行杯

［南唐］冯延巳

落梅著雨消残粉，云重烟轻寒食近。罗幕遮香，柳外秋千出画墙。　春山颠倒钗横凤，飞絮入帘春睡重。梦里佳期，只许庭花与月知。

二二

梅圣俞《苏幕遮》词:“落尽梨花春又了。满地残阳,翠色和烟老。”刘融斋谓:少游一生似专学此种。余谓:冯正中《玉楼春》词:“芳菲次第长相续,自是情多无处足。尊前百计得春归,莫为伤春眉黛促。”永叔一生似专学此种。

苏幕遮

[宋]梅尧臣

露堤平,烟墅杳。乱碧萋萋,雨后江天晓。独有庾郎年最少。窣地春袍,嫩色宜相照。　　接长亭,迷远道。堪怨王孙,不记归期早。落尽梨花春又了。满地残阳,翠色和烟老。

玉楼春

[南唐]冯延巳

雪云乍变春云簇,渐觉年华堪送目。北枝梅蕊犯寒开,南浦波纹如酒绿。　　芳菲次第长相续,不奈情多无处足。尊前百计得春归,莫为伤春眉黛促。

二三

人知和靖《点绛唇》、圣俞《苏幕遮》、永叔《少年游》三阕为咏春草绝调。不知先有正中“细雨湿流光”五字,皆能摄春草之魂者也。

点绛唇

［宋］林逋

金谷年年，乱生春色谁为主。余花落处，满地和烟雨。

又是离歌，一阕长亭暮。王孙去。萋萋无数，南北东西路。

少年游

［宋］欧阳修

阑干十二独凭春，晴碧远连云。千里万里，二月三月，行色苦愁人。　谢家池上，江淹浦畔，吟魄与离魂。那堪疏雨滴黄昏，更特地、忆王孙。

南乡子

［南唐］冯延巳

细雨湿流光，芳草年年与恨长。烟锁凤楼无限事，茫茫。鸾镜鸳衾两断肠。　魂梦任悠扬，睡起杨花满绣床。薄幸不来门半掩，斜阳。负你残春泪几行。

二四

《诗·蒹葭》一篇，最得风人深致。晏同叔之“昨夜西风凋碧树。独上高楼，望尽天涯路”，意颇近之。但一洒落，一悲壮耳。

蒹葭

《诗经·秦风》

蒹葭苍苍，白露为霜。所谓伊人，在水一方。

溯洄从之，道阻且长。溯游从之，宛在水中央。

蒹葭萋萋，白露未晞。所谓伊人，在水之湄。
溯洄从之，道阻且跻。溯游从之，宛在水中坻。

蒹葭采采，白露未已。所谓伊人，在水之涘。
溯洄从之，道阻且右。溯游从之，宛在水中沚。

鹊踏枝

［宋］晏殊

槛菊愁烟兰泣露。罗幕轻寒，燕子双飞去。明月不谙别离苦，斜光到晓穿朱户。　昨夜西风凋碧树。独上高楼，望尽天涯路。欲寄彩笺兼尺素，天长水阔知何处。

二五

“我瞻四方，蹙蹙靡所骋”，诗人之忧生也，“昨夜西风凋碧树。独上高楼，望尽天涯路”似之。“终日驰车走，不见所问津”，诗人之忧世也，“百草千花寒食路，香车系在谁家树”似之。

饮酒之二十

［晋］陶渊明

羲农去我久，举世少复真。
汲汲鲁中叟，弥缝使其纯。
凤鸟虽不至，礼乐暂得新。

洙泗绝微响，漂流逮狂秦。

诗书复何罪，一朝成灰尘。

区区诸老翁，为事诚殷勤。

如何绝世下，六籍无一亲？

终日驰车走，不见所问津。

若复不快饮，空负头上巾。

但恨多谬误，君当恕罪人。

节南山（节选）

《诗经·小雅》

驾彼四牡，四牡项领。

我瞻四方，蹙蹙靡所骋。

鹊踏枝

［南唐］冯延巳

几日行云何处去，忘却归来，不道春将暮！百草千花寒食路，香车系在谁家树？　　泪眼倚楼频独语：双燕来时，陌上相逢否？撩乱春愁如柳絮，悠悠梦里无寻处。

二六

古今之成大事业、大学问者，必经过三种之境界："昨夜西风凋碧树。独上高楼，望尽天涯路"，此第一境也；"衣带渐宽终不悔，为伊消得人憔悴"，此第二境也；"众里寻他千百度，回头蓦见，那人却在，灯火阑珊处"，此第三境也。此等语皆非大词人不能道。然遽以此意解释诸词，恐为晏、欧诸公所不许也。

凤栖梧

［宋］柳永

伫倚危楼风细细。望极春愁，黯黯生天际。草色烟光残照里，无言谁会凭栏意。　　拟把疏狂图一醉，对酒当歌，强乐还无味。衣带渐宽终不悔，为伊消得人憔悴。

青玉案

［宋］辛弃疾

东风夜放花千树。更吹落、星如雨。宝马雕车香满路，凤箫声动，玉壶光转，一夜鱼龙舞。　　蛾儿雪柳黄金缕。笑语盈盈暗香去。众里寻他千百度。蓦然回首，那人却在，灯火阑珊处。

二七

永叔“人生自是有情痴，此恨不关风与月”、“直须看尽洛城花，始共春风容易别”，于豪放之中有沈著之致，所以尤高。

玉楼春

［宋］欧阳修

尊前拟把归期说，未语春容先惨咽。人生自是有情痴，此恨不关风与月。　　离歌且莫翻新阕，一曲能教肠寸结。直须看尽洛城花，始共春风容易别。

二八

冯梦华《宋六十一家词选·序例》谓："淮海、小山，古之伤心人也。其淡语皆有味，浅语皆有致。"余谓此唯淮海足以当之。小山矜贵有余，但可方驾子野、方回，未足抗衡淮海也。

二九

少游词境最为凄婉，至"可堪孤馆闭春寒，杜鹃声里斜阳暮"，则变而凄厉矣。东坡赏其后二语，犹为皮相。

三〇

"风雨如晦，鸡鸣不已"、"山峻高以蔽日兮，下幽晦以多雨；霰雪纷其无垠兮，云霏霏而承宇"、"树树皆秋色，山山唯落晖"、"可堪孤馆闭春寒，杜鹃声里斜阳暮"，气象皆相似。

风雨

《诗经·郑风》

风雨凄凄，鸡鸣喈喈。

既见君子，云胡不夷。

风雨潇潇，鸡鸣胶胶。

既见君子，云胡不瘳。

风雨如晦，鸡鸣不已。

既见君子，云胡不喜。

九章・涉江（节选）

［战国］屈原

入溆浦余儃佪兮，迷不知吾所如；

深林杳以冥冥兮，乃猿狖之所居。

山峻高以蔽日兮，下幽晦以多雨；

霰雪纷其无垠兮，云霏霏而承宇。

哀吾生之无乐兮，幽独处乎山中；

吾不能变心而从俗兮，固将愁苦而终穷。

野望

［唐］王绩

东皋薄暮望，徙倚欲何依。

树树皆秋色，山山唯落晖。

牧人驱犊返，猎马带禽归。

相顾无相识，长歌怀采薇。

三一

昭明太子称：陶渊明诗“跌宕昭彰，独超众类。抑扬爽朗，莫之与京”。王无功称：薛收赋“韵趣高奇，词义晦远。嵯峨萧瑟，真不可言”。词中惜少此二种气象，前者唯东坡，后者唯白石，略得一二耳。

三二

词之雅郑，在神不在貌。永叔、少游虽作艳语，终有品格。方之美成，便有淑女与倡伎之别。

三三

美成深远之致不及欧、秦。唯言情体物，穷极工巧，故不失为第一流之作者。但恨创调之才多，创意之才少耳。

三四

词忌用替代字。美成《解语花》之“桂华流瓦”，境界极妙。惜以“桂华”二字代“月”耳。梦窗以下，则用代字更多。其所以然者，非意不足，则语不妙也。盖意足则不暇代，语妙则不必代。此少游之“小楼连苑”、“绣毂雕鞍”所以为东坡所讥也。

解语花

［宋］周邦彦

风销焰蜡，露浥烘炉，花市光相射。桂华流瓦。纤云散，耿耿素娥欲下。衣裳淡雅。看楚女、纤腰一把。箫鼓喧、人影参差，满路飘香麝。　　因念都城放夜。望千门如昼，嬉笑游冶。钿车罗帕。相逢处、自有暗尘随马。年光是也。唯只见、旧情衰谢。清漏移、飞盖归来，从舞休歌罢。

水龙吟

［宋］秦观

小楼连苑横空，下窥绣毂雕鞍骤。朱帘半卷，单衣初试。清明时候。破暖轻风，弄晴微雨，欲无还有。卖花声过尽，斜阳院落，红成阵、飞鸳甃。　　玉佩丁东别后。怅佳期、参差难又。名缰利锁，天还知道，和天也瘦。花下重门，柳边深巷，不堪回首。念多情，但有当时皓月，向人依旧。

三五

沈伯时《乐府指迷》云："说桃不可直说破桃，须用'红雨'、'刘郎'等字。说柳不可直说破柳,须用'章台'、'灞岸'等字。"若惟恐人不用代字者。果以是为工，则古今类书具在，又安用词为耶？宜其为《提要》所讥也。

三六

美成《苏幕遮》词："叶上初阳干宿雨。水面清圆，一一风荷举。"此真能得荷之神理者。觉白石《念奴娇》《惜红衣》二词，犹有隔雾看花之恨。

苏幕遮

［宋］周邦彦

燎沉香，消溽暑，鸟雀呼晴，侵晓窥檐语。叶上初阳干宿雨。水面清圆，一一风荷举。　　故乡遥，何日去？家住吴门，久作长安旅。五月渔郎相忆否？小楫轻舟，梦入芙蓉浦。

念奴娇

［宋］姜夔

闹红一舸，记来时，尝与鸳鸯为侣。三十六陂人未到，水佩风裳无数。翠叶吹凉，玉容销酒，更洒菰蒲雨。嫣然摇动，冷香飞上诗句。　　日暮。青盖亭亭，情人不见，争忍凌波去。只恐舞衣寒易落，愁入西风南浦。高柳垂阴，老鱼吹浪，留我花间住。田田多少？几回沙际归路。

惜红衣

［宋］姜夔

簟枕邀凉，琴书换日，睡余无力。细洒冰泉，并刀破甘碧。墙头唤酒，谁问讯城南诗客？岑寂。高柳晚蝉，说西风消息。　　虹梁水陌，鱼浪吹香，红衣半狼藉。维舟试望故国。眇天北。可惜渚边沙外，不共美人游历。问甚时同赋，三十六陂秋色？

三七

东坡《水龙吟·咏杨花》，和韵而似原唱。章质夫词，原唱而似和韵。才之不可强也如是！

水龙吟

［宋］苏轼

似花还似非花，也无人惜从教坠。抛家傍路，思量却是，无情有思。萦损柔肠，困酣娇眼，欲开还闭。梦随风万里，寻郎去处，又还被、莺呼起。　不恨此花飞尽，恨西园、落红难缀。晓来雨过，遗踪何在，一池萍碎。春色三分，二分尘土，一分流水。细看来不是杨花，点点是离人泪。

水龙吟

［宋］章楶

燕忙莺懒花残，正堤上、柳花飘坠。轻飞乱舞，点画青林，全无才思。闲趁游丝，静临深院，日长门闭。傍珠帘散漫，垂垂欲下，依前被、风扶起。　兰帐玉人睡觉，怪春衣、雪沾琼缀。绣床渐满，香球无数，才圆欲碎。时见蜂儿，仰粘轻粉，鱼吞池水。望章台路杳，金鞍游荡，有盈盈泪。

三八

咏物之词，自以东坡《水龙吟》为最工，邦卿《双双燕》次之。白石“暗香”、“疏影”，格调虽高，然无一语道著，视古人“江边一树垂垂发”等句何如耶？

双双燕

［宋］史达祖

过春社了，度帘幕中间，去年尘冷。差池欲往，试入旧巢相并。还相雕梁藻井，又软语、商量不定。飘然快拂花梢，翠尾分开红影。　　芳径，芹泥雨润。爱贴地争飞，竞夸轻俊。红楼归晚，看足柳暗花暝。应自栖香正稳，便忘了、天涯芳信。愁损翠黛双娥，日日画栏独凭。

暗香

[宋] 姜夔

旧时月色，算几番照我，梅边吹笛？唤起玉人，不管清寒与攀摘。何逊而今渐老，都忘却春风词笔。但怪得、竹外疏花，香冷入瑶席。　　江国，正寂寂，叹寄与路遥，夜雪初积。翠尊易泣，红萼无言耿相忆。长记曾携手处，千树压西湖寒碧。又片片吹尽也，几时见得？

疏影

[宋] 姜夔

苔枝缀玉，有翠禽小小，枝上同宿。客里相逢，篱角黄昏，无言自倚修竹。昭君不惯胡沙远，但暗忆江南江北。想佩环月夜归来，化作此花幽独。　　犹记深宫旧事，那人正睡里，飞近蛾绿。莫似春风，不管盈盈，早与安排金屋。还教一片随波去，又却怨玉龙哀曲。等恁时、再觅幽香，已入小窗横幅。

和裴迪登蜀州东亭送客逢早梅相忆见寄

[唐] 杜甫

东阁观梅动诗兴，还如何逊在扬州。

此时对雪遥相忆，送客逢春可自由。

幸不折来伤春暮，若为看去乱乡愁。

江边一树垂垂发，朝夕催人自白头。

三九

白石写景之作，如“二十四桥仍在，波心荡、冷月无声”、“数峰清苦，商略黄昏雨”、“高树晚蝉，说西风消息”，虽格韵高绝，然如雾里看花，终隔一层。梅溪、梦窗诸家写景之病，皆在一“隔”字。北宋风流，渡江遂绝。抑真有运会存乎其间耶？

扬州慢

［宋］姜夔

淮左名都，竹西佳处，解鞍少驻初程。过春风十里，尽荠麦青青。自胡马窥江去后，废池乔木，犹厌言兵。渐黄昏，清角吹寒，都在空城。　　杜郎俊赏，算而今、重到须惊。纵豆蔻词工，青楼梦好，难赋深情。二十四桥仍在，波心荡、冷月无声。念桥边红药，年年知为谁生？

点绛唇

［宋］姜夔

燕雁无心，太湖西畔随云去。数峰清苦。商略黄昏雨。

第四桥边，拟共天随往。今何许？凭栏怀古，残柳参差舞。

四〇

问“隔”与“不隔”之别，曰：陶、谢之诗不隔，延年则稍隔矣。东坡之诗不隔，山谷则稍隔矣。“池塘生春草”、“空梁落燕泥”等二句，妙处唯在不隔，词亦如是。即以一人一词论，如欧阳公《少年游》咏春草上半阕云：“阑干十二犹凭春，晴碧远连云。千里万里，二月三月，行色苦愁人。”语语都在目前，便是不隔。至云：“谢家池上，江淹浦畔”，则隔矣。白石《翠楼吟》：“此地。宜有词仙，拥素云黄鹤，与君游戏。玉梯凝望久，叹芳草、萋萋千里。”便是不隔。至“酒祓清愁，花消英气”则隔矣。然南宋词虽不隔处，比之前人，自有浅深厚薄之别。

登池上楼

［南朝宋］谢灵运

潜虬媚幽姿，飞鸿响远音。薄霄愧云浮，栖川怍渊沉。
进德智所拙，退耕力不任。徇禄反穷海，卧疴对空林。
衾枕昧节候，褰开暂窥临。倾耳聆波澜，举目眺岖嵚。
初景革绪风，新阳改故阴。池塘生春草，园柳变鸣禽。
祁祁伤豳歌，萋萋感楚吟。索居易永久，离群难处心。
持操岂独古，无闷征在今。

昔昔盐

［隋］薛道衡

垂柳覆金堤，蘼芜叶复齐。
水溢芙蓉沼，花飞桃李蹊。

采桑秦氏女，织锦窦家妻。

关山别荡子，风月守空闺。

恒敛千金笑，长垂双玉啼。

盘龙随镜隐，彩凤逐帷低。

飞魂同夜鹊，倦寝忆晨鸡。

暗牖悬蛛网，空梁落燕泥。

前年过代北，今岁往辽西。

一去无消息，那能惜马蹄。

翠楼吟

［宋］姜夔

月冷龙沙，尘清虎落，今年汉酺初赐。新翻胡部曲，听毡幕、元戎歌吹。层楼高峙。看槛曲萦红，檐牙飞翠。人姝丽。粉香吹下，夜寒风细。　　此地。宜有词仙，拥素云黄鹤，与君游戏。玉梯凝望久，叹芳草、萋萋千里。天涯情味。仗酒祓清愁，花销英气。西山外。晚来还卷，一帘秋霁。

四一

“生年不满百，常怀千岁忧。昼短苦夜长，何不秉烛游？”“服食求神仙，多为药所误。不如饮美酒，被服纨与素。”写情如此，方为不隔。“采菊东篱下，悠然见南山。山气日夕佳，飞鸟相与还。”“天似穹庐，笼盖四野。天苍苍，野茫茫，风吹草低见牛羊。”写景如此，方为不隔。

古诗十九首之十五

生年不满百，常怀千岁忧。
昼短苦夜长，何不秉烛游？
为乐当及时，何能待来兹。
愚者爱惜费，但为后世嗤。
仙人王子乔，难可与等期。

古诗十九首之十三

驱车上东门，遥望郭北墓。
白杨何萧萧，松柏夹广路。
下有陈死人，杳杳即长暮。
潜寐黄泉下，千载永不寤。
浩浩阴阳移，年命如朝露。
人生忽如寄，寿无金石固。
万岁更相送，圣贤莫能度。
服食求神仙，多为药所误。
不如饮美酒，被服纨与素。

敕勒歌

敕勒川，阴山下。天似穹庐，笼盖四野。天苍苍，野茫茫，风吹草低见牛羊。

四二

古今词人格调之高，无如白石。惜不于意境上用力，故觉无言外之味，弦外之响，终不能与于第一流之作者也。

四三

南宋词人，白石有格而无情，剑南有气而乏韵。其堪与北宋人颉颃者，唯一幼安耳。近人祖南宋而祧北宋，以南宋之词可学，北宋不可学也。学南宋者，不祖白石，则祖梦窗，以白石、梦窗可学，幼安不可学也。学幼安者率祖其粗犷、滑稽，以其粗犷、滑稽处可学，佳处不可学也。幼安之佳处，在有性情、有境界。即以气象论，亦有“横素波、干青云”之概，宁后世龌龊小生所可拟耶？

四四

东坡之词旷，稼轩之词豪。无二人之胸襟而学其词，犹东施之效捧心也。

四五

读东坡、稼轩词，须观其雅量高致，有伯夷、柳下惠之风。白石虽似蝉蜕尘埃，然终不免局促辕下。

四六

苏、辛，词中之狂。白石，犹不失为狷。若梦窗、梅溪、玉田、草窗、西麓辈，面目不同，同归于乡愿而已。

四七

稼轩“中秋饮酒达旦，用‘天问体’作《木兰花慢》以送月”曰：“可怜今夕月，向何处、去悠悠？是别有人间，那边才见，光景东头。”词人想象，直悟月轮绕地之理，与科学家密合，可谓神悟。

木兰花慢

［宋］辛弃疾

可怜今夕月，向何处、去悠悠？是别有人间，那边才见，光景东头。是天外空汗漫，但长风、浩浩送中秋。飞镜无根谁系？姮娥不嫁谁留？　　谓经海底问无由。恍惚使人愁。怕万里长鲸，纵横触破，玉殿琼楼。虾蟆故堪浴水，问云何、玉兔解沉浮？若道都齐无恙，云何渐渐如钩？

四八

周介存谓：“梅溪词中，喜用‘偷’字，足以定出其品格。”刘融斋谓：“周旨荡而史意贪。”此二语令人解颐。

四九

介存谓：梦窗词之佳者，如“水光云影，摇荡绿波，抚玩无极，追寻已远”。余览《梦窗甲乙丙丁稿》中，实无足当此者。有之，其“隔江人在雨声中，晚风菰叶生秋怨”二语乎？

踏莎行

［宋］吴文英

润玉笼绡，檀樱倚扇。绣圈犹带脂香浅。榴心空叠舞裙红，艾枝应压愁鬟乱。 午梦千山，窗阴一箭。香瘢新褪红丝腕。隔江人在雨声中，晚风菰叶生秋怨。

五〇

梦窗之词，吾得取其词中之一语以评之，曰：“映梦窗凌乱碧。”玉田之词，亦得取其词中之一语以评之，曰：“玉老田荒。”

秋思

［宋］吴文英

堆枕香鬟侧。骤夜声，偏称画屏秋色。风碎串珠，润侵歌板，愁压眉窄。动罗箑清商，寸心低诉叙怨抑。映梦窗零乱碧。待涨绿春深，落花香泛，料有断红流处，暗题相忆。 欢酌。檐花细滴。送故人，粉黛重饰。漏侵琼瑟，丁东敲断，弄晴月白。怕一曲《霓裳》未终，催去骖凤翼。叹谢客犹未识。漫瘦却东阳，灯前无梦到得。路隔重云雁北。

祝英台近

［宋］张炎

水痕深，花信足。寂寞汉南树。转首青阴，芳事顿如许。不知多少消魂，夜来风雨。犹梦到、断红流处。

最无据。长年息影空山。愁入庾郎句。玉老田荒，心事已迟暮。几回听得啼鹃，不如归去。终不似、旧时鹦鹉。

五一

“明月照积雪”、“大江流日夜”、“中天悬明月”、“长河落日圆”，此种境界，可谓千古壮观。求之于词，唯纳兰容若塞上之作，如《长相思》之“夜深千帐灯”，《如梦令》之“万帐穹庐人醉，星影摇摇欲坠”差近之。

暂使下都夜发新林至京邑赠同僚

［南齐］谢朓

大江流日夜，客心悲未央。

徒念关山近，终知反路长。

秋河曙耿耿，寒渚夜苍苍。

引顾见京室，宫雉正相望。

金波丽鳷鹊，玉绳低建章。

驱车鼎门外，思见昭丘阳。

驰晖不可接，何况隔两乡？

风云有鸟路，江汉限无梁。

常恐鹰隼击，时菊委严霜。

寄言罻罗者，寥廓已高翔。

岁暮

［南朝宋］谢灵运

殷忧不能寐，苦此夜难颓。

明月照积雪，朔风劲且哀。

运往无淹物，年逝觉已催。

使至塞上

［唐］王维

单车欲问边，属国过居延。

征蓬出汉塞，归雁入胡天。

大漠孤烟直，长河落日圆。

萧关逢候骑，都护在燕然。

长相思

［清］纳兰性德

山一程，水一程。身向榆关那畔行，夜深千帐灯。

风一更，雪一更。聒碎乡心梦不成，故园无此声。

如梦令

［清］纳兰性德

万帐穹庐人醉，星影摇摇欲坠。归梦隔狼河，又被河声搅碎。还睡，还睡。解道醒来无味。

五二

纳兰容若以自然之眼观物，以自然之舌言情。此由初入中原，未染汉人风气，故能真切如此。北宋以来，一人而已。

五三

陆放翁跋《花间集》，谓："唐季五代，诗愈卑，而倚声者辄简古可爱。能此不能彼，未可以理推也。"《提要》驳之，谓："犹能举七十斤者，举百斤则蹶，举五十斤则运掉自如。"其言甚辨。然谓词必易于诗，余未敢信。善乎陈卧子之言曰："宋人不知诗而强作诗，故终宋之世无诗。然其欢愉愁苦之致，动于中而不能抑者，类发于诗余，故其所造独工。"五代词之所以独胜，亦由此也。

五四

四言敝而有《楚辞》，《楚辞》敝而有五言，五言敝而有七言，古诗敝而有律绝，律绝敝而有词。盖文体通行既久，染指遂多，自成习套。豪杰之士，亦难于其中自出新意，故遁而作他体，以自解脱。一切文体所以始盛终衰者，皆由于此。故谓文学后不如前，余未敢信。但就一体论，则此说固无以易也。

五五

诗之《三百篇》《十九首》，词之五代、北宋，皆无题也。非无题也，诗词中之意，不能以题尽之也。自《花庵》《草堂》每调立题，并古人无题之词亦为之作题。如观一幅佳山水，而即曰此某山某河，可乎？诗有题而诗亡，词有题而词亡。然中材之士，鲜能知此而自振拔者也。

五六

大家之作，其言情也必沁人心脾，其写景也必豁人耳目。其辞脱口而出，无矫揉妆束之态。以其所见者真，所知者深也。诗词皆然。持此以衡古今之作者，可无大误也。

五七

人能于诗词中不为美刺投赠之篇，不使隶事之句，不用粉饰之字，则于此道已过半矣。

五八

以《长恨歌》之壮采，而所隶之事，只“小玉”、“双成”四字，才有余也。梅村歌行，则非隶事不可。白、吴优劣，即于此见。不独作诗为然，填词家亦不可不知也。

长恨歌（节选）

［唐］白居易

忽闻海上有仙山，山在虚无缥渺间。
楼阁玲珑五云起，其中绰约多仙子。
中有一人字太真，雪肤花貌参差是。
金阙西厢叩玉扃，转教小玉报双成。
闻道汉家天子使，九华帐里梦魂惊。
揽衣推枕起徘徊，珠箔银屏迤逦开。
云鬓半偏新睡觉，花冠不整下堂来。

五九

近体诗体制，以五、七言绝句为最尊，律诗次之，排律最下。盖此体于寄兴言情，两无所当，殆有韵之骈体文耳。词中小令如绝句，长调似律诗，若长调之《百字令》《沁园春》等，则近于排律矣。

六〇

诗人对宇宙人生，须入乎其内，又须出乎其外。入乎其内，故能写之。出乎其外，故能观之。入乎其内，故有生气。出乎其外，故有高致。美成能入而不出。白石以降，于此二事皆未梦见。

六一

诗人必有轻视外物之意，故能以奴仆命风月。又必有重视外物之意，故能与花鸟共忧乐。

六二

“昔为倡家女，今为荡子妇。荡子行不归，空床难独守。”“何不策高足，先据要路津？无为久贫贱，轗轲长苦辛。”可为淫鄙之尤。然无视为淫词、鄙词者，以其真也。五代北宋之大词人亦然。非无淫词，读之但觉其亲切动人。非无鄙词，但觉其精力弥满。可知淫词与鄙词之病，非淫与鄙之病，而游词之病也。“岂不尔思，室是远而。”而子曰：“未之思也，夫何远之有？”恶其游也。

古诗十九首之二

青青河畔草，郁郁园中柳。
盈盈楼上女，皎皎当窗牖。
娥娥红粉妆，纤纤出素手。
昔为倡家女，今为荡子妇。
荡子行不归，空床难独守。

古诗十九首之四

今日良宴会，欢乐难具陈。
弹筝奋逸响，新声妙入神。
令德唱高言，识曲听其真。

齐心同所愿，含意俱未申。

人生寄一世，奄忽若飙尘。

何不策高足，先据要路津？

无为守穷贱，轗轲长苦辛。

六三

“枯藤老树昏鸦。小桥流水人家。古道西风瘦马。夕阳西下。断肠人在天涯。”此元人马东篱《天净沙》小令也。寥寥数语，深得唐人绝句妙境。有元一代词家，皆不能办此也。

六四

白仁甫《秋夜梧桐雨》剧，沈雄悲壮，为元曲冠冕。然所作《天籁词》，粗浅之甚，不足为稼轩奴隶。岂创者易工，而因者难巧欤？抑人各有能与不能也？读者观欧、秦之诗远不如词，足透此中消息。

人间词话未刊手稿

一

白石之词，余所最爱者，亦仅二语，曰：“淮南皓月冷千山，冥冥归去无人管。”

踏莎行

［宋］姜夔

燕燕轻盈，莺莺娇软，分明又向华胥见。夜长争得薄情知，春初早被相思染。　别后书辞，别时针线，离魂暗逐郎行远。淮南皓月冷千山，冥冥归去无人管。

二

诗至唐中叶以后，殆为羔雁之具矣。故五代、北宋之诗，佳者绝少，而词则为其极盛时代。即诗、词兼擅如永叔、少游者，词胜于诗远甚。以其写之于诗者，不若写之于词者之真也。至南宋以后，词亦为羔雁之具，而词亦替矣。此亦文学升降之一关键也。

如梦令

［宋］李清照

昨夜雨疏风骤，浓睡不消残酒。试问卷帘人，却道海棠依旧。知否，知否，应是绿肥红瘦。

三

曾纯甫中秋应制，作《壶中天慢》词，自注云：“是夜，西兴亦闻天乐。”谓宫中乐声，闻于隔岸也。毛子晋谓：“天神亦不以人废言。”近冯梦华复辨其诬。不解“天乐”二字文义，殊笑人也。

壶中天慢

［宋］曾觌

素飙漾碧，看天衢稳送，一轮明月。翠水瀛壶人不到，比似世间秋别。玉手瑶笙，一时同色，小按《霓裳》叠。天津桥上，有人偷记新阕。　　当日谁幻银桥，阿瞒儿戏，一笑成痴绝。肯信群仙高宴处，移下水晶宫阙。云海尘清，山河影满，桂冷吹香雪。何劳玉斧，金瓯千古无缺。

四

梅溪、梦窗、玉田、草窗、西麓诸家，词虽不同，然同失之肤浅。虽时代使然，亦其才分有限也。近人弃周鼎而宝康瓠，实难索解。

浣溪沙

［宋］晏殊

一曲新词酒一杯，去年天气旧池台。夕阳西下几时回？

无可奈何花落去，似曾相识燕归来。小园香径独徘徊。

五

余填词不喜作长调，尤不喜用人韵，偶尔游戏，作《水龙吟》咏杨花用质夫、东坡倡和韵，作《齐天乐》咏蟋蟀用白石韵，皆有与晋代兴之意。余之所长殊不在是，世之君子宁以他词称我。

水龙吟

王国维

开时不与人看，如何一霎濛濛坠。日长无绪，回廊小立，迷离情思。细雨池塘，斜阳院落，重门深闭。正参差欲往，又特地因风起。　　花事阑珊到汝，更休寻、满枝琼缀。算人只合，人间哀乐，者般零碎。一样飘零，宁为尘土，勿随流水。怕盈盈、一片春江，都贮得离人泪。

齐天乐

王国维

天涯已自愁秋极，何须更闻虫语。乍响瑶阶，旋穿绣闼，更入画屏深处。喁喁似诉。有几许哀丝，佐伊机杼。一夜东堂，暗抽离恨万千绪。　　空庭相和秋雨。又南城罢柝，西院停杵。试问王孙，苍茫岁晚，那有闲愁无数。宵深谩与。

怕梦稳春酣，万家儿女。不识孤吟，劳人床下苦。

六

余友沈昕伯纮自巴黎寄余《蝶恋花》一阕云："帘外东风随燕到。春色东来，循我来时道。一霎围场生绿草，归迟却怨春来早。　　锦绣一城春水绕。庭院笙歌，行乐多年少。著意来开孤客抱，不知名字闲花鸟。"此词当在晏氏父子间，南宋人不能道也。

七

樊抗夫谓余词如《浣溪沙》之"天末同云"，《蝶恋花》之"昨夜梦中"、"百尺高（朱）楼"、"春到临春"等阕，凿空而道，开词家未有之境。余自谓才不若古人，但于力争第一义处，古人亦不如我用意耳。

浣溪沙

王国维

天末同云黯四垂，失行孤雁逆风飞。江湖寥落尔安归？

陌上金丸看落羽，闺中素手试调醯。今朝欢宴胜平时。

蝶恋花

王国维

昨夜梦中多少恨。细马香车，两两行相近。对面似怜人瘦损，众中不惜搴帷问。　　陌上轻雷听隐辚。梦里难从，觉后那堪讯？蜡泪窗前堆一寸，人间只有相思分。

蝶恋花

王国维

百尺朱楼临大道。楼外轻雷，不问昏和晓。独倚栏干人窈窕，闲中数尽行人小。　一霎车尘生树杪。陌上楼头，都向尘中老。薄晚西风吹雨到，明朝又是伤流潦。

蝶恋花

王国维

春到临春花正妩。迟日阑干，蜂蝶飞无数。谁道一春抛却去，马蹄日日章台路。　几度寻春春不遇。不见春来，那识春归处？斜日晚风杨柳渚，马头何处无飞絮。

八

叔本华曰：“抒情诗，少年之作也。叙事诗及戏曲，壮年之作也。”余谓：抒情诗，国民幼稚时代之作也。叙事诗，国民盛壮时代之作也。故曲则古不如今（元曲诚多天籁，然其思想之陋劣，布置之粗笨，千篇一律，令人喷饭。至本朝之《桃花扇》《长生殿》诸传奇，则近矣）。词则今不如古。盖一则以布局为主，一则须伫兴而成故也。

九

北宋名家以方回为最次。其词如历下、新城之诗，非不华瞻，惜少真味。

一〇

散文易学而难工，骈文难学而易工。近体诗易学而难工，古体诗难学而易工。小令易学而难工，长调难学而易工。

一一

古诗云：“谁能思不歌，谁能饥不食？”诗词者，物之不得其平而鸣者也。故欢愉之辞难工，愁苦之言易巧。

子夜歌

谁能思不歌？

谁能饥不食？

日冥当户倚，

惆怅底不忆？

一二

社会上之习惯，杀许多之善人。文学上之习惯，杀许多之天才。

一三

词之为体，要眇宜修。能言诗之所不能言，而不能尽言诗之所能言。诗之境阔，词之言长。

一四

言气质，言神韵，不如言境界。有境界，本也。气质、神韵，末也。有境界而二者随之矣。

一五

“西风吹渭水，落日满长安”，美成以之入词，白仁甫以之入曲，此借古人之境界为我之境界者也。然非自有境界，古人亦不为我用。

忆江上吴处士

［唐］贾岛

闽国扬帆去，蟾蜍亏复圆。

秋风吹渭水，落叶满长安。

此夜聚会夕，当时雷雨寒。

兰桡殊未返，消息海云端。

齐天乐

［宋］周邦彦

绿芜凋尽台城路，殊乡又逢秋晚。暮雨生寒，鸣蛩劝织，深阁时闻裁剪。云窗静掩。叹重拂罗裀，顿疏花簟。

尚有练囊，露营清夜照书卷。　荆江留滞最久，故人相望处，离思何限？渭水西风，长安乱叶，空忆诗情宛转。凭高眺远。正玉液新篘，蟹螯初荐。醉倒山翁，但愁斜照敛。

德胜乐（节选）

［元］白朴

玉露冷，蛩吟砌。

听落叶西风渭水。

寒雁儿长空嘹唳。

陶元亮醉在东篱。

《梧桐雨》杂剧第二折《普天乐》（节选）

［元］白朴

伤心故园，西风渭水，落日长安。

一六

词家多以景寓情。其专作情语而绝妙者，如牛峤之："甘作一生拚，尽君今日欢。"顾敻之："换我心为你心，始知相忆深。"欧阳修之："衣带渐宽终不悔，为伊消得人憔悴。"美成之："许多烦恼，只为当时，一饷留情。"此等词求之古今人词中，曾不多见。

菩萨蛮

［五代蜀］牛峤

玉炉冰簟鸳鸯锦，粉融香汗流山枕。帘外辘轳声，敛眉含笑惊。　　柳阴烟漠漠，低鬓蝉钗落。须作一生拚，尽君今日欢。

诉衷情

［五代蜀］顾敻

永夜抛人何处去？绝来音。香阁掩，眉敛，月将沉。争忍不相寻？怨孤衾。换我心，为你心，始知相忆深。

庆宫春

［宋］周邦彦

云接平冈，山围寒野，路回渐转孤城。衰柳啼鸦，惊风驱雁，动人一片秋声。倦途休驾，淡烟里，微茫见星。尘埃憔悴，生怕黄昏，离思牵萦。　　华堂旧日逢迎。花艳参差，香雾飘零。弦管当头，偏怜娇凤，夜深簧暖笙清。眼波传意，恨密约，匆匆未成。许多烦恼，只为当时，一饷留情。

一七

长调自以周、柳、苏、辛为最工。美成《浪淘沙慢》二词，精壮顿挫，已开北曲之先声。若屯田之《八声甘州》，东坡之《水调歌头》，则伫兴之作，格高千古，不能以常调论也。

浪淘沙慢

［宋］周邦彦

晓阴重，霜凋岸草，雾隐城堞。南陌脂车待发，东门帐饮乍阕。正拂面、垂杨堪揽结。掩红泪、玉手亲折。念汉浦离鸿去何许，经时信音绝。　情切。望中地远天阔。向露冷风清无人处，耿耿寒漏咽。嗟万事难忘，唯是轻别。翠尊未竭，凭断云、留取西楼残月。罗带光销纹衾叠。连环解、旧香顿歇。怨歌永、琼壶敲尽缺。恨春去、不与人期，弄夜色、空余满地梨花雪。

浪淘沙慢

[宋] 周邦彦

万叶战，秋声露结，雁度沙碛。细草和烟尚绿，遥山向晚更碧。见隐隐、云边新月白。映落照、帘幕千家，听数声、何处倚楼笛？装点尽秋色。　脉脉。旅情暗自消释。念珠玉、临水犹悲感，何况天涯客？忆少年歌酒，当时踪迹。岁华易老，衣带宽、懊恼心肠终窄。　飞散后、风流人阻。兰桥约、怅恨路隔。马嘶过、犹嘶旧巷陌。叹往事、一一堪伤，旷望极。凝思又把阑干拍。

八声甘州

[宋] 柳永

对潇潇暮雨洒江天，一番洗清秋。渐霜风凄紧，关河冷落，残照当楼。是处红衰翠减，苒苒物华休。惟有长江水，无语东流。　不忍登高临远，望故乡渺邈，归思难收。叹年来踪迹，何事苦淹留。想佳人、妆楼颙望，误几回、天际识归舟。争知我、倚阑干处、正恁凝愁。

水调歌头

［宋］苏轼

明月几时有？把酒问青天。不知天上宫阙，今夕是何年？我欲乘风归去，又恐琼楼玉宇，高处不胜寒。起舞弄清影，何似在人间？　转朱阁，低绮户，照无眠。不应有恨，何事长向别时圆？人有悲欢离合，月有阴晴圆缺，此事古难全。但愿人长久，千里共婵娟。

一八

稼轩《贺新郎》词“送茂嘉十二弟”，章法绝妙，且语语有境界，此能品而几于神者。然非有意为之，故后人不能学也。

贺新郎

［宋］辛弃疾

绿树听鹈鴂。更那堪、鹧鸪声住，杜鹃声切！啼到春归无寻处，苦恨芳菲都歇。算未抵人间离别。马上琵琶关塞黑，更长门翠辇辞金阙。看燕燕，送归妾。　将军百战声名裂。向河梁、回头万里，故人长绝。易水萧萧西风冷，满座衣冠似雪。正壮士悲歌未彻。啼鸟还知如许恨，料不啼清泪长啼血。谁共我，醉明月？

一九

稼轩《贺新郎》词：“柳暗凌波路。送春归猛风暴雨，一番新绿。”又《定风波》词：“从此酒酣明月夜。耳热。”“绿”、“热”二字，皆作上、去用，与韩玉《东浦词·贺新郎》以“玉”、“曲”叶“注”、“女”,《卜算子》以“夜”、“谢”叶“食”、“月”，已开北曲四声通押之祖。

贺新郎

［宋］辛弃疾

柳暗凌波路。送春归猛风暴雨，一番新绿。千里潇湘葡萄涨，人解扁舟欲去。又樯燕留人相语。艇子飞来生尘步，唾花寒唱我新番句。波似箭，催鸣橹。　　黄陵祠下山无数。听湘娥、泠泠曲罢，为谁情苦？行到东吴春已暮，正江阔潮平稳渡。望金雀觚棱翔舞。前度刘郎今重到，问玄都千树花存否？愁为情，么弦诉。

定风波

［宋］辛弃疾

金印累累佩陆离，河梁更赋断肠诗。莫拥旌旗真个去。何处？玉堂元自要论思。　　且约风流三学士，同醉。春风看试几枪旗。从此酒酣明月夜。耳热。那边应是说侬时。

贺新郎

［宋］韩玉

绰约人如玉。试新妆娇黄半绿，汉宫匀注。倚傍小栏闲凝伫，翠带风前似舞。记洛浦当年俦侣。罗袜生尘香冉冉，料征鸿微步凌波女。惊梦断，楚江曲。　　春工若见应为主。忍教都、闲亭笛管，冷风凄雨。待把此花都折取，和泪连香寄与。须信到离情如许。烟水茫茫斜照里，是骚人《九辩》《招魂》处。千古恨，与谁语？

卜算子

［宋］韩玉

杨柳绿成阴，初过寒食节。门掩金铺独自眠，哪更逢寒夜。　　强起立东风，惨惨梨花谢。何事王孙不早归？寂寞秋千月。

二〇

谭复堂《箧中词选》谓："蒋鹿潭《水云楼词》与成容若、项莲生，三百年间，分鼎三足。"然《水云楼词》小令颇有境界，长调惟存气格。《忆云词》亦精实有馀，超逸不足，皆不足与容若比。然视皋文、止庵辈，则倜乎远矣。

二一

贺黄公裳《皱水轩词筌》云："张玉田《乐府指迷》其调叶宫商，铺张藻绘抑亦可矣，至于风流蕴藉之事，真属茫茫。如啖官厨饭者，不知牲牢之外别有甘鲜也。"此语解颐。

二二

周保绪《词辨》云："玉田近人所最尊奉，才情诣力亦不后诸人；终觉积谷作米，把缆放船，无开阔手段。"又云："叔夏所不及前人处，只在字句上著功夫，不肯换意。""近人喜学玉田，亦为修饰字句易，换意难。"

二三

词家时代之说，盛于国初。竹垞谓：词至北宋而大，至南宋而深。后此词人，群奉其说。然其中亦非无具眼者。周保绪曰："南宋下不犯北宋拙率之病，高不到北宋浑涵之诣。"又曰："北宋词多就景叙情，故珠圆玉润，四照玲珑。至稼轩、白石，一变而为即事叙景，使深者反浅，曲者反直。"潘四农德舆曰："词滥觞于唐，畅于五代，而意格之闳深曲挚，则莫盛于北宋。词之有北宋，犹诗之有盛唐。至南宋则稍衰矣。"刘熙载融斋曰："北宋词用密亦疏、用隐亦亮、用沈亦快、用细亦阔、用精亦浑。南宋只是掉转过来。"可知此事自有公论。虽止弇词颇浅薄，潘刘尤甚；然其推尊北宋，则与明季云间诸公，同一卓识也。

二四

唐五代北宋之词，所谓生香真色。若云间诸公，则彩花耳。湘真且然，况其次也者乎？

二五

《衍波词》之佳者，颇似贺方回。虽不及容若，要在浙中诸子之上。

二六

近人词如《复堂词》之深婉，《彊村词》之隐秀，皆在半塘老人上。彊村学梦窗而情味较梦窗反胜。盖有临川、庐陵之高华，而济以白石之疏越者。学人之词，斯为极则。然古人自然神妙处，尚未见及。

二七

宋尚木《蝶恋花》“新样罗衣浑弃却，犹寻旧日春衫著”、谭复堂《蝶恋花》“连理枝头侬与汝，千花百草从渠许”，可谓寄兴深微。

蝶恋花

［清］宋征舆

宝枕轻风秋梦薄，红敛双蛾，颠倒垂金雀。新样罗衣浑弃却，犹寻旧日春衫著。　偏是断肠花不落，人苦伤心，镜里颜非昨。曾误当初青女约，至今霜夜思量著。

蝶恋花

［清］谭献

帐里迷离香似雾，不烬炉灰，酒醒闻余语。连理枝头侬与汝，千花百草从渠许。　　莲子青青心独苦，一唱将离，日日风兼雨。豆蔻香残杨柳暮，当时人面无寻处。

二八

《半塘丁稿》中和冯正中《鹊踏枝》十阕，乃《鹜翁词》之最精者。“望远愁多休纵目”等阕，郁伊惝恍，令人不能为怀。《定稿》只存六阕，殊为未允也。

鹊踏枝

［清］王鹏运

望远愁多休纵目，步绕珍丛，看笋将成竹。晓露暗垂珠簏簌，芳林一带如新浴。　　檐外春山森碧玉，梦里骖鸾，记过清湘曲。自定新弦移雁足，弦声未抵归心促。

二九

固哉，皋文之为词也！飞卿《菩萨蛮》、永叔《蝶恋花》、子瞻《卜算子》，皆兴到之作，有何命意？皆被皋文深文罗织。阮亭《花草蒙拾》谓：“坡公命宫磨蝎，生前为王珪、舒亶辈所苦，身后又硬受此差排。”由今观之，受差排者，独一坡公已耶？

菩萨蛮

［唐］温庭筠

小山重叠金明灭，鬓云欲度香腮雪。懒起画娥眉，弄妆梳洗迟。　　照花前后镜，花面交相映。新帖绣罗襦，双双金鹧鸪。

卜算子

［宋］苏轼

缺月挂疏桐，漏断人初静。谁见幽人独往来，缥缈孤鸿影。　　惊起却回头，有恨无人省。拣尽寒枝不肯栖，寂寞沙洲冷。

三〇

贺黄公谓：“姜论史词，不称其‘软语商量’，而称其‘柳昏花暝’，固知不免项羽学兵法之恨。”然“柳昏花暝”自是欧、秦辈句法，前后有画工、化工之殊。吾从白石，不能附和黄公矣。

三一

“池塘春草谢家春，万古千秋五字新。传语闭门陈正字，可怜无补费精神”，此遗山《论诗绝句》也。梦窗、玉田辈，当不乐闻此语。

三二

朱子《清邃阁论诗》谓：“古人有句，今人诗更无句，只是一直说将去。这般一日作百首也得。”余谓北宋之词有句，南宋以后便无句。如玉田、草窗之词，所谓“一日作百首也得”者也。

三三

朱子谓 :“梅圣俞诗不是平淡，乃是枯槁。”余谓草窗、玉田之词亦然。

菩萨蛮

［唐］李白

平林漠漠烟如织，寒山一带伤心碧。暝色入高楼，有人楼上愁。　　玉阶空伫立，宿鸟归飞急。何处是回程？长亭接短亭。

三四

“自怜诗酒瘦，难应接、许多春色”、“能几番游，看花又是明年”，此等语亦算警句耶？乃值如许费力。

喜迁莺

［宋］史达祖

月波疑滴。望玉壶天近，了无尘隔。翠眼圈花，冰丝织练，黄道宝光相直。自怜诗酒瘦，难应接、许多春色。最无赖，是随香趁烛，曾伴狂客。　　踪迹。漫记忆。老了杜郎，忍听东风笛。柳院灯疏，梅厅雪在，谁与细倾春碧。旧情拘未定，犹自学、当年游历。怕万一，误玉人、夜寒帘隙。

高阳台

［宋］张炎

接叶巢莺，平波卷絮，断桥斜日归船。能几番游，看花又是明年。东风且伴蔷薇住，到蔷薇、春已堪怜。更凄然。万绿西冷，一抹荒烟。　　当年燕子知何处，但苔深韦曲，草暗斜川。见说新愁，如今也到鸥边。无心更续笙歌梦，掩重门、浅醉闲眠。莫开帘，怕见飞花，怕听啼鹃。

三五

文文山词，风骨甚高，亦有境界，远在圣与、叔夏、公谨诸公之上，亦如明初诚意伯词，非季迪、孟载诸人所敢望也。

三六

宋《李希声诗话》曰："古人作诗，正以风调高古为主。虽意远语疏，皆为佳作。后人有切近的当、气格凡下者，终使人可憎。"余谓北宋词亦不妨疏远。若梅溪以降，正所谓"切近的当、气格凡下"者也。

南乡子

［宋］苏轼

霜降水痕收，浅碧鳞鳞露远洲。酒力渐消风力软，飕飕，破帽多情却恋头。　　佳节若为酬，但把清尊断送秋。万事到头都是梦，休休，明日黄花蝶也愁。

三七

自竹垞痛贬《草堂诗馀》而推《绝妙好词》，后人群附和之。不知《草堂》虽有亵诨之作，然佳词恒得十之六七。《绝妙好词》则除张、范、辛、刘诸家外，十之八九皆极无聊赖之词。甚矣，人之贵耳贱目者之多也！

临江仙

［宋］欧阳修

池外轻雷池上雨，雨声滴碎荷声。小楼西角断虹明。阑干倚处，待得月华生。　　燕子飞来窥画栋，玉钩垂下帘旌。凉波不动簟纹平。水精双枕，畔有堕钗横。

三八

《提要》载《古今词话》六卷，国朝沈雄纂。雄字偶僧，吴江人。是编所述上起于唐，下迄康熙中年。然维见明嘉靖前合口本《笺注草堂诗馀》，林外《洞仙歌》下引《古今词话》云："此词乃近时林外题于吴江垂虹亭。”（明刻《类编草堂诗馀》亦同）案《升庵词品》云：林外字岂尘，有《洞仙歌》，书于垂虹亭畔，作道装，不告姓名，饮醉而去，人疑为吕洞宾。传入宫中，孝宗笑曰：“云崖洞天无锁，‘锁’与‘老’叶韵，则‘锁’音扫，乃闽音也。”侦问之，果闽人林外也。《齐东野语》所载亦略同。则《古今词话》宋时固有此书，岂雄窃此书而复益以近代事欤？又《季沧苇书目》载《古今词话》十卷，而沈雄所纂只六卷，益证其非一书矣。

洞仙歌

［宋］林外

飞梁压水，虹影澄清晓。橘里渔村半烟草。今来古往，物是人非，天地里，唯有江山不老。　雨中风帽，四海谁知我。一剑横空几番过。按玉龙、嘶未断，月冷波寒。归去也、林屋洞天无锁。认云屏烟障是吾庐，任满地苍苔，年年不扫。

三九

“君王枉把平陈业，换得雷塘数亩田”，政治家之言也。“长陵亦是闲丘陇，异日谁知与仲多”，诗人之言也。政治家之眼，域于一人一事。诗人之眼，则通古今而观之。词人观物须用诗人之眼，不可用政治家之眼，故感事、怀古等作，当与寿词同为词家所禁也。

炀帝陵

［唐］罗隐

入郭登桥出郭船，红楼日日柳年年。

君王忍把平陈业，只博雷塘数亩田。

仲山

［唐］唐彦谦

千载遗踪寄薜罗，沛中乡里汉山河。

长陵亦是闲丘陇，异日谁知与仲多。

四〇

宋人小说，多不足信。如《雪舟脞语》谓，台州知府唐仲友眷官伎严蕊奴，朱晦庵系治之。及晦庵移去，提刑岳霖行部至台，蕊乞自便。岳问曰："去将安归？"蕊赋《卜算子》词云："住也如何住"，云云。案此词系仲友戚高宣教作，使蕊歌以侑觞者，见朱子《纠唐仲友奏牍》。则《齐东野语》所纪朱、唐公案，恐亦未可信也。

卜算子

［宋］严蕊

不是爱风尘，似被前缘误。花落花开自有时，总赖东君主。　去也终须去，住也如何住。若得山花插满头，莫问奴归处。

四一

唐五代之词，有句而无篇。南宋名家之词，有篇而无句。有篇有句，唯李后主降宋后之作，及永叔、子瞻、少游、美成、稼轩数人而已。

四二

唐五代北宋之词家，倡优也。南宋后之词家，俗子也。二者其失相等。然词人之词，宁失之倡优，不失之俗子。以俗子之可厌，较倡优为甚故也。

蝶恋花

［宋］苏轼

花褪残红青杏小。燕子飞时，绿水人家绕。枝上柳绵吹又少，天涯何处无芳草！　墙里秋千墙外道。墙外行人，墙里佳人笑。笑渐不闻声渐悄，多情却被无情恼。

四三

《蝶恋花》“独倚危楼”一阕，见《六一词》，亦见《乐章集》。余谓：屯田轻薄子，只能道“奶奶兰心蕙性”耳。“衣带渐宽终不悔，为伊消得人憔悴”，此等语固非欧公不能道也。

玉女摇仙佩

［宋］柳永

飞琼伴侣，偶别珠宫，未返神仙行缀。取次梳妆，寻常言语，有得许多姝丽。拟把名花比。恐旁人笑我，谈何容易。细思算、奇葩艳卉，惟是深红浅白而已。争如这多情，占得人间，千娇百媚。　　须信画堂绣阁，皓月清风，忍把光阴轻弃。自古及今，佳人才子，少得当年双美。且恁相偎倚。未消得、怜我多才多艺。愿奶奶、兰心蕙性，枕前言下，表余深意。为盟誓。今生断不孤鸳被。

四四

读《会真记》者，恶张生之薄幸而恕其奸非。读《水浒传》者，恕宋江之横暴而责其深险。此人人之所同也。故艳词可作，唯万不可作儇薄语。龚定庵诗云：“偶赋凌云偶倦飞，偶然间慕遂初衣。偶逢锦瑟佳人问，便说寻春为汝归。”其人之凉薄无行，跃然纸墨间。余辈读耆卿、伯可词，亦有此感。视永叔、希文小词何如耶？

己亥杂诗之一三五

［清］龚自珍

偶赋凌云偶倦飞，偶然间慕遂初衣。

偶逢锦瑟佳人问，便说寻春为汝归。

四五

词人之忠实，不独对人事宜然，即对一草一木，亦须有忠实之意，否则所谓游词也。

风流子

［宋］秦观

东风吹碧草，年华换、行客老沧州。见梅吐旧英，柳摇新绿；恼人春色，还上枝头。寸心乱，北随云黯黯，东逐水悠悠。斜日半山，暝烟两岸；数声横笛，一叶扁舟。

青门同携手，前欢记、浑似梦里扬州。谁念断肠南陌，回首西楼。算天长地久，有时有尽；奈何绵绵，此恨难休。拟待倩人说与，生怕人愁。

四六

读《花间》《尊前集》，令人回想徐陵《玉台新咏》。读《草堂诗馀》，令人回想韦縠《才调集》。读朱竹垞《词综》，张皋文、董子远《词选》，令人回想沈德潜《三朝诗别裁集》。

四七

明季国初诸老之论词，大似袁简斋之论诗，其失也，纤小而轻薄。竹垞以降之论词者，大似沈归愚，其失也，枯槁而庸陋。

洞仙歌

［宋］苏轼

冰肌玉骨，自清凉无汗。水殿风来暗香满。绣帘开，一点明月窥人；人未寝，倚枕钗横鬓乱。　　起来携素手，庭户无声，时见疏星度河汉。试问夜如何？夜已三更，金波淡，玉绳低转。但屈指西风几时来，又不道流年暗中偷换。

四八

东坡之旷在神，白石之旷在貌。白石如王衍口不言阿堵物，而暗中为营三窟之计，此其所以可鄙也。

水调歌头快哉亭作

［宋］苏轼

落日绣帘卷，亭下水连空。知君为我，新作窗户湿青红。长记平山堂上，攲枕江南烟雨，渺渺没孤鸿。认得醉翁语，山色有无中。　　一千顷，都镜净，倒碧峰。忽然浪起，掀舞一叶白头翁。堪笑兰台公子，未解庄生天籁，刚道有雌雄。一点浩然气，千里快哉风。

四九

“纷吾既有此内美兮，又重之以修能。”文学之事，于此二者不可缺一。然词乃抒情之作，故尤重内美。无内美而但有修能，则白石耳。

凤凰台上忆吹箫

［宋］李清照

香冷金猊，被翻红浪，起来慵自梳头。任宝奁尘满，日上帘钩。生怕离怀别苦，多少事、欲说还休。新来瘦，非干病酒，不是悲秋。　　休休！这回去也，千万遍阳关，也则难留。念武陵人远，烟锁秦楼。惟有楼前流水，应念我、终日凝眸。凝眸处，从今又添，一段新愁。

五〇

诗人视一切外物，皆游戏之材料也。然其游戏，则以热心为之。故诙谐与严重二性质，亦不可缺一也。

蓦山溪

［宋］黄庭坚

鸳鸯翡翠，小小思珍偶。眉黛敛秋波，尽湖南、山明水秀。娉娉袅袅，恰近十三余，春未透。花枝瘦。正是愁时候。　　寻花载酒。肯落谁人后。只恐远归来，绿成阴、青梅如豆。心期得处，每自不由人，长亭柳。君知否？千里犹回首。

人间词话删稿

一

双声、叠韵之论，盛于六朝，唐人犹多用之。至宋以后，则渐不讲，并不知二者为何物。乾嘉间，吾乡周松霭先生春著《杜诗双声叠韵谱括略》，正千余年之误，可谓有功文苑者矣。其言曰:“两字同母，谓之双声;两字同韵，谓之叠韵。”余按：用今日各国文法通用之语表之，则两字同一子音者，谓之双声（如《南史·羊元保传》之“官家恨狭，更广八分”，官、家、更、广四字，皆从 k 得声。《洛阳伽蓝记》之“狞奴慢骂”，狞、奴二字，皆从 n 得声，慢、骂二字，皆从 m 得声是也）。两字同一母音者，谓之叠韵(如梁武帝之“后牖有朽柳”，后、牖、有三字，双声而兼叠韵，有、朽、柳三字，其母音皆为 ou。刘孝绰之“梁皇长康强”，梁、长、强三字，其母音皆为 ang 也）。自李淑《诗苑》伪造沈约之说，以双声、叠韵为诗中八病之二，后世诗家多废而不讲，亦不复用之于词。余谓：苟于词之荡漾处多用叠韵，促节处用双声，则其铿锵可诵，必有过于前人者。惜世之专讲音律者，尚未悟此者。

二

昔人但知双声之不拘四声，不知叠韵亦不拘平、上、去三声。凡字之同母音者，虽平仄有殊，皆叠韵也。

三

诗词之题目，本为自然及人生。自古人误以为美刺、投赠、咏史、怀古之用，题目既误，诗亦自不能佳。后人才不及古人，见古名大家亦有此等作，遂遗其独到之处而专学此种，不复知诗之本意。于是豪杰之士出，不得不变其体格，如楚辞，汉之五言诗，唐、五代、北宋之词皆是也。故此等文学皆无题。

四

昔人论诗词，有景语、情语之别，不知一切景语皆情语也。

五

“岂不尔思，室是远而。”孔子讥之。故知孔门而用词，则“甘作一生拚，尽君今日欢”等作必不在见删之数。

六

和凝《长命女》词："天欲晓。宫漏穿花声缭绕，窗里星光少。冷霞寒侵帐额，残月光沈树杪。梦断锦闱空悄悄，强起愁眉小。"此词前半，不减夏英公《喜迁莺》也。此词见《乐府雅词》,《历代诗余》选之。

七

《提要》：王明清《挥麈录》载，曾布所作《冯燕歌》，已成套数，与词律殊途。毛西河《词话》谓：赵德麟令畤作《商调鼓子词》谱《西厢传奇》，为杂剧之祖。然《乐府雅词》卷首所载秦少游、晁补之、郑彦能（名仅）《调笑转踏》，首有致语，末有放队，每调之前有口号诗，甚似曲本体例。无名氏《九张机》亦然。至董颖《道宫薄媚》大曲咏西子事，凡十只曲，皆平仄通押，则竟是套曲。此可与《弦索西厢》同为曲家之荜路。曹氏置诸《雅词》卷首，所以别之于词也。颖字仲达，绍兴初人，从汪彦章、徐师川游，彦章为作《字说》，见《书录解题》。

八

宋人遇令节、朝贺、宴会、落成等事，有致语一种，亦谓之参语，亦谓之念语。宋子京、欧阳永叔、苏子瞻、陈后山、文宋瑞集中皆有之。《啸余谱》列之于词曲之间。

其式先教坊致语（四六文），次口号（诗），次句合曲（四六文），次句小儿队（四六文），次队名（诗二句），次问小儿，次小儿致语，次句杂剧（皆四六文），次放队（或诗或四六文）。若有女弟子队，则句女弟子队如前。其所歌之词曲与所演之剧，则自伶人定之。少游、补之之《调笑》乃并为之作词。元人杂剧乃以曲代之。曲中楔子、科白、上下场诗，犹是致语、口号、句队、放队之遗。此故程明善《啸余谱》所以列致语于词曲之间者也。

九

明顾梧芳刻《尊前集》二卷，自为之引。并云："明嘉禾顾梧芳编次。"毛子晋刻《词苑英华》，疑为梧芳所辑。朱竹垞跋称：吴下得吴宽手钞本，取顾本勘之，靡有不同，因定为宋初人编辑。《提要》两存其说。案《古今词话》云："赵崇祚《花间集》载温飞卿《菩萨蛮》甚多，合之吕鹏《尊前集》，不下二十阕。"今考顾刻所载飞卿《菩萨蛮》五首，除"咏泪"一首外，皆《花间》所有，知顾刻虽非自编，亦非复吕鹏所编之旧矣。《提要》又云："张炎《乐府指迷》虽云唐人有《尊前》《花间集》，然《乐府指迷》真出张炎与否，盖未可定。陈振孙《书录解题》'歌词类'以《花间集》为首，注曰：'此近世倚声填词之祖。'而无《尊前集》之名。不应张炎见之而陈振孙不见。"然《书录解题·阳春录》条下引高邮崔公度语曰："《尊前》《花间》往往谬其姓氏。”公度元祐间人,《宋史》有传。则北宋固有此书，不过直斋未见耳。

又案：黄昇《花庵词选》李白《清平乐》下注云：“翰林应制。”又云：“案唐吕鹏《遏云集》载应制词四首，以后二首无清逸气韵，疑非太白所作云。”非云今《尊前集》所载太白《清平乐》有五首。岂《尊前集》一名《遏云集》，而四首、五首之不同，乃花庵所见之本略异欤？又欧阳炯《花间集序》谓：“明皇朝有李太白应制《清平乐》四首。”则唐宋时只有四首，岂末一首为梧芳所羼入，非吕鹏之旧欤？

一〇

《楚辞》之体,非屈子之所创也。《沧浪》《凤兮》之歌，已与三百篇异，然至屈子而最工。五、七律始于齐梁而盛于唐，词源于唐而大成于北宋。故最工之文学，非徒善创，亦且善因。

一一

《沧浪》《凤兮》二歌，已开《楚辞》体格。然《楚辞》之最工者，推屈原、宋玉，而后此王褒、刘向之词不与焉。五古之最工者，实推阮嗣宗、左太冲、郭景纯、陶渊明，而前此曹、刘，后此陈子昂、李太白不与焉。词之最工者，实推后主、正中、永叔、少游、美成，而前此温、韦，后此姜、吴，皆不与焉。

一二

金朗甫作《词选后序》，分词为淫词、鄙词、游词三种，词之弊尽是矣。五代、北宋之词，其失也淫；辛、刘之词，其失也鄙；姜、张之词，其失也游。

人间词话附录

一

蕙风词小令似叔原，长调亦在清真、梅溪间，而沉痛过之。彊村虽富丽精工，犹逊其真挚也。天以百凶成就一词人，果何为哉。

二

蕙风《洞仙歌》（秋日游某氏园）及《苏武慢》（寒夜闻角）二阕，境似清真。集中他作，不能过之。

以上两条摘自王国维《蕙风琴趣》评语。

三

彊村词,余最赏其《浣溪沙》“独鸟冲波去意闲”二阕，笔力峭拔，非他词可能过之。

四

蕙风听歌诸作，自以《满路花》为最佳。至《题香南雅集图》诸词，殊觉泛泛，无一言道著。

以上两条摘自《丙寅日记》所记王国维论学语。

五

（皇甫松）词，黄叔旸称其《摘得新》二首，为有达观之见。余谓不若《忆江南》二阕，情味深长，在乐天、梦得上也。

六

端己词，情深语秀，虽规模不及后主、正中，要在飞卿之上。观昔人颜谢优劣论可知矣。

七

（毛文锡）词，比牛、薛诸人，殊为不及。叶梦得谓："文锡词以质直为情致，殊不知流于率露。诸人评庸陋词者，必曰，此仿毛文锡之《赞成功》而不及者。"其言是也。

八

（魏承班）词，逊于薛昭蕴、牛峤，而高于毛文锡，然皆不如王衍。五代词以帝王为最工，岂不以无意于求工欤。

九

（顾）夐词，在牛给事、毛司徒间。《浣溪沙》（春色迷人）一阕,亦见《阳春录》。与《河传》《诉衷情》数阕，当为夐最佳之作矣。

一〇

周密《齐东野语》称其词（指毛熙震词）“新警而不为儇薄”。余尤爱其《后庭花》，不独意胜，即以调论，亦有隽上清越之致，视文锡蔑如也。

一一

（阎选）词唯《临江仙》第二首有轩翥之意，余尚未足与于作者也。

一二

昔沈文悫深赏（张）泌“绿杨花扑一溪烟”为晚唐名句。然其词如“露浓香泛小庭花”，较前语似更幽艳。

一三

（孙光宪词）昔黄玉林赏其“一庭疏雨湿春愁”为古

今佳句。余以为不若“片帆烟际闪孤光”，尤有境界也。

以上录自《唐五代二十一家词辑》诸跋。

一四

（周清真）先生于诗文无所不工，然尚未尽脱古人蹊径。平生著述，自以乐府为第一。词人甲乙，宋人早有定论，惟张叔夏病其意趣不高远。然北宋人如欧、苏、秦、黄，高则高矣，至精工博大，殊不逮先生。故以宋词比唐诗，则东坡似太白，欧、秦似摩诘，耆卿似乐天，方回、叔原，则大历十子之流。南宋惟一稼轩可比昌黎。而词中老杜，则非先生不可。昔人以耆卿比少陵，犹为未当也。

一五

（清真）先生之词，陈直斋谓其“多用唐人诗句檃括入律，浑然天成”。张玉田谓其“善于融化诗句”，然此不过一端。不如强焕云“模写物态，曲尽其妙”为知言也。

一六

山谷云：“天下清景，不择贤愚而与之，然吾特疑端为我辈设。”诚哉是言。抑岂独清景而已，一切境界，无不为诗人设。世无诗人，即无此种境界。夫境界之呈于吾心而见于外物者，皆须臾之物。惟诗人能以此须臾之物，镌诸不朽之文字，使读者自得之。遂觉诗人之言，字字为我心中所欲言，而又非我之所能自言，此大诗人之秘妙也。境界有二：有诗人之境界，有常人之境界。诗人之境界，惟诗人能感之而能写之，故读其诗者，亦高举远慕，有遗世之意。而亦有得有不得，且得之者亦各有深浅焉。若夫悲欢离合，羁旅行役之感，常人皆能感之，而惟诗人能写之。故其入于人者至深，而行于世也尤广。（清真）先生之词，属于第二种为多。故宋时别本之多，他无与匹。又和者三家、注者二家。自士大夫以至妇人女子，莫不知有清真，而种种无稽之言，亦由此以起。然非入人之深，乌能如是耶。

一七

楼忠简谓（清真）先生"妙解音律"，惟王晦叔《碧鸡漫志》谓"江南某氏者，解音律，时时度曲。周美成与有瓜葛。每得一解，即为制词。故周集中多新声"。则集中新曲，非尽自度。然顾曲名堂，不能自已，固非不知音者。故先生之词，文字之外，须兼味其音律。惟词中所注宫调，不出教坊十八调之外。则其音非大晟乐府之新声，而为隋、唐以来之燕乐，固可知也。今其声虽亡，读其词者，犹觉拗怒之中，自饶和婉。曼声促节，繁会相宣，清浊抑扬，辘轳交往。两宋之间，一人而已。

一八

伪词最多。强焕本所增强半皆是。如《片玉词》上《青玉案》（良夜灯光簇如豆）一阕，乃改山谷《忆帝京》词为之者，决非先生作。

以上录自《清真先生遗事·尚论三》。

一九

（《云谣集·杂曲子》）《天仙子》词，特深峭隐秀，堪与飞卿、端己抗行。

录自《观堂集林·唐写本〈云谣集杂曲子〉跋》。

二〇

有明一代，乐府道衰。《写情》《扣舷》，尚有宋元遗响。仁、宣以后，兹事几绝。独文愍（夏言）以魁硕之才，起而振之。豪壮典丽，与于湖、剑南为近。

录自《观堂集林·桂翁词跋》。

二一

欧公《蝶恋花》“面旋落花”云云，字字沉响，殊不可及。

录自王国维旧藏《六一词》眉间批语。

二二

《片玉词》“良夜灯光簇如豆”一首，乃改山谷《忆帝京》词为之者，似屯田最下之作，非美成所宜有也。

录自王国维旧藏《片玉词》眉间批语。

二三

温飞卿《菩萨蛮》“雨后却斜阳，杏花零落香”。少游之“雨余芳草斜阳。杏花零乱燕泥香”，虽自此脱胎，而实有出蓝之妙。

二四

白石尚有骨，玉田则一乞人耳。

二五

美成词多作态，故不是大家气象。若同叔、永叔，虽不作态，而一笑百媚生矣。此天才与人力之别也。

二六

周介存谓“白石以诗法入词，门庭浅狭，如孙过庭书，但便后人模仿”。予谓近人所以崇拜玉田，亦由于此。

二七

予于词，五代喜李后主、冯正中，而不喜《花间》。宋喜同叔、永叔、子瞻、少游，而不喜美成。南宋只爱稼轩一人，而最恶梦窗、玉田。介存《词辨》所选词，颇多不当人意，而其论词则多独到之语。始知天下固有具眼人，非予一人之私见也。

以上录自王国维旧藏《词辨》眉间批语。

人　间　词

人间词甲稿

王君静安将刊其所为《人间词》，诒书告余曰：“知我词者莫如子，叙之亦莫如子宜。”余与君处十年矣，比年以来，君颇以词自娱。余虽不能词，然喜读词。每夜漏始下，一灯荧然，玩古人之作，未尝不与君共。君成一阕，易一字，未尝不以讯余。既而暌离，苟有所作，未尝不邮以示余也。然则余于君之词，又乌可以无言乎。夫自南宋以后，斯道之不振久矣。元明及国初诸老，非无警句也。然不免乎局促者，气困于雕琢也。嘉道以后之词，非不谐美也。然无救于浅薄者，意竭于摹拟也。君之于词，于五代喜李后主、冯正中，于北宋喜永叔、子瞻、少游、美成，于南宋除稼轩、白石外，所嗜盖鲜矣。尤痛诋梦窗、玉田。谓梦窗砌字，玉田垒句，一雕琢，一敷衍。其病不同，而同归于浅薄。六百年来词之不振，实自此始。其持论如此。及读君自所为词，则诚往复幽咽，动摇人心。快而沉，直而能曲。不屑屑于言词之末，而名句间出，殆往往度越前人。至其言近而指远，意决而辞婉，自永叔以后，殆未有工如君者也。君始为词时，亦不自意其至此，而卒至此者，天也，非人之所能为也。若夫观物之微，托兴之深，则又君诗词之特色。求之古代作者，罕有伦比。呜呼，不胜古人，不足以与古人并，君其知之矣。世有疑余言者乎，则何不取古人之词与君词比类而观之也？光绪丙午三月，山阴樊志厚叙。

如梦令

点滴空阶疏雨。迢递严城更鼓。睡浅梦初成，又被东风吹去。无据。无据。斜汉垂垂欲曙。

浣溪沙

路转峰回出画塘。一山枫叶背残阳。看来浑不似秋光。　　隔座听歌人似玉，六街归骑月如霜。客中行乐只寻常。

临江仙

过眼韶华何处也，萧萧又是秋声。极天衰草暮云平。斜阳漏处，一塔枕孤城。　　独立荒寒谁语，蓦回头、宫阙峥嵘。红墙隔雾未分明。依依残照，独拥最高层。

浣溪沙

草偃云低渐合围。雕弓声急马如飞。笑呼从骑载禽归。　　万事不如身手好，一生须惜少年时。那能白首下书帷。

浣溪沙

霜落千林木叶丹。远山如在有无间。经秋何事亦孱颜。　　且向田家拚泥饮，聊从卜肆憩征鞍。只应游戏在尘寰。

好事近

夜起倚危楼，楼角玉绳低亚。唯有月明霜冷，浸万家鸳瓦。　　人间何苦又悲秋，正是伤春罢。却向春风亭畔，数梧桐叶下。

好事近

愁展翠罗衾，半是馀温半泪。不辨坠欢新恨，是人间滋味。　　几年相守郁金堂，草草浑闲事。独向西风林下，望红尘一骑。

采桑子

高城鼓动兰釭灺，睡也还醒，醉也还醒。忽听孤鸿三两声。　　人生只似风前絮，欢也零星，悲也零星。都作连江点点萍。

西河

垂柳里，兰舟当日曾系。千帆过尽，只伊人、不随书至。怪渠道著我侬心，一般思妇游子。

昨宵梦，分明记。几回飞度烟水。西风吹断，伴灯花、摇摇欲坠。宵深待到凤凰山，声声啼鴂催起。

锦书宛在怀袖底。人迢迢、紫塞千里。算是不曾相忆。倘有情，早合归来，休寄一纸无聊相思字。

摸鱼儿

秋柳

问断肠、江南江北。年时如许春色。碧栏干外无边柳，舞落迟迟红日。长堤直。又道是、连朝寒雨送行客。烟笼数驿。胜今日天涯，衰条折尽，月落晓风急。　金城路，多少人间行役。当年风度曾识。北征司马今头白，唯有攀条沾臆。都狼藉。君不见、舞衣寸寸填沟洫。细腰谁惜。算只有多情，昏鸦点点，攒向断枝立。

蝶恋花

谁道人间秋已尽。衰柳毵毵，尚弄鹅黄影。落日疏林光炯炯。不辞立尽西楼暝。　万点栖鸦浑未定。潋滟金波，又幂青松顶。何处江南无此景。只愁没个闲人领。

鹧鸪天

列炬归来酒未醒。六街人静马蹄轻。月中薄雾漫漫白，桥外渔灯点点青。　从醉里，忆平生。可怜心事太峥嵘。更堪此夜西楼梦，摘得星辰满袖行。

点绛唇

万顷蓬壶，梦中昨夜扁舟去。萦回岛屿。中有舟行路。　波上楼台，波底层层俯。何人住。断崖如锯。不见停桡处。

点绛唇

高峡流云，人随飞鸟穿云去。数峰著雨。相对青无语。　　岭上金光，岭下苍烟沍。人间曙。疏林平楚。历历来时路。

踏莎行

绝顶无云，昨宵有雨。我来此地闻天语。疏钟暝直乱峰回，孤僧晓度寒溪去。　　是处青山，前生俦侣。招邀尽入闲庭户。朝朝含笑复含颦，人间相媚争如许。

清平乐

樱桃花底，相见颓云髻。的的银缸无限意，消得和衣浓睡。　　当时草草西窗，都成别后思量。遮莫天涯异日，转思今夜凄凉。

浣溪沙

月底栖雅当叶看。推窗跕跕堕枝间。霜高风定独凭栏。　　为制新词髭尽断，偶听悲剧泪无端。可怜衣带为谁宽。

青玉案

姑苏台上乌啼曙。剩霸业、今如许。醉后不堪仍吊古。月中杨柳，水边楼阁，犹自教歌舞。

野花开遍真娘墓。绝代红颜委朝露。算是人生赢得处。千秋诗料，一坏黄土，十里寒螿语。

少年游

垂杨门外，疏灯影里，上马帽檐斜。紫陌霜浓，青松月冷，炬火散林鸦。　　归来惊看西窗上，翠竹影交加。跌宕歌词，纵横书卷，不与遣年华。

满庭芳

水抱孤城，云开远戍，垂柳点点栖鸦。晚潮初落，残日漾平沙。白鸟悠悠自去，汀洲外、无限蒹葭。西风起，飞花如雪，冉冉去帆斜。
天涯。还忆旧，香尘随马，明月窥车。渐秋风镜里，暗换年华。纵使长条无恙，重来处、攀折堪嗟。人何许，朱楼一角，寂寞倚残霞。

蝶恋花

阅尽天涯离别苦。不道归来，零落花如许。花底相看无一语。绿窗春与天俱莫。　　待把相思灯下诉。一缕新欢，旧恨千千缕。最是人间留不住。朱颜辞镜花辞树。

玉楼春

今年花事垂垂过。明岁花开应更亸。看花终古少年多，只恐少年非属我。　　劝君莫厌金罍大。醉倒且拚花底卧。君看今日树头花，不是去年枝上朵。

阮郎归

女贞花白草迷离，江南梅雨时。阴阴帘幙万家垂，穿帘变燕飞。　朱阁外，碧窗西。行人一舸归。清溪转处柳阴底，当窗人画眉。

阮郎归

美人消息隔重关，川途弯复弯。沉沉空翠压征鞍，马前山复山。　浓泼黛，缓拖鬟，当年看复看。中馀眉样在人间，相逢艰复艰。

浣溪沙

天末同云黯四垂。失行孤雁逆风飞。江湖寥落尔安归。　陌上金丸看落羽，闺中素手试调醯。今宵欢宴胜平时。

浣溪沙

山寺微茫背夕曛。鸟飞不到半山昏。上方孤磬定行云。　试上高峰窥皓月，偶开天眼觑红尘。可怜身是眼中人。

青玉案

江南秋色垂垂暮。算幽事、浑无数。日日沧浪亭畔路。西风林下，夕阳水际，独自寻诗去。

可怜愁与闲俱赴。待把尘劳截愁住。灯影幢幢天欲曙。闲中心事，忙中情味，并入西楼雨。

浣溪沙

昨夜新看北固山。今朝又上广陵船。金焦在眼苦难攀。　　猛雨自随汀雁落，湿云常与莫鸦寒。人天相对作愁颜。

鹊桥仙

沉沉戍鼓，萧萧厩马，起视霜华满地。猛然记得别伊时，正今夕、邮亭天气。　　北征车辙，南征归梦，知是调停无计。人间事事不堪凭，但除却、“无凭”两字。

鹊桥仙

绣衾初展，银釭旋剔，不尽灯前欢语。人间岁岁似今宵，便胜却、貂蝉无数。　　霎时送远，经年怨别，镜里朱颜难驻。封侯觅得也寻常，何况是、封侯无据。

减字木兰花

皋兰被径。月底栏干闲独凭。修竹娟娟。风里时闻响佩环。　　蓦然深省。起踏中庭千个影。依旧人间。一梦钧天只惘然。

鹧鸪天

阁道风飘五丈旗。层楼突兀与云齐。空馀明月连钱列，不照红葩倒井披。　　频摸索，且攀跻。千门万户是耶非。人间总是堪疑处，惟有兹疑不可疑。

浣溪沙

夜永衾寒梦不成。当轩减尽半天星。带霜宫阙日初升。　　客里欢娱和睡减，年来哀乐与词增。更缘何物遣孤灯。

浣溪沙

画舫离筵乐未停。潇潇暮雨阖闾城。那堪还向曲中听。　　只恨当年形影密，不关今日别离轻。梦回酒醒忆平生。

浣溪沙

才过苕溪又霅溪。短松疏竹媚朝辉。去年此际远人归。　　烧后更无千里草，雾中不隔万家鸡。风光浑异去年时。

贺新郎

月落飞乌鹊。更声声、暗催残岁，城头寒柝。曾记年时游冶处，偏反一栏红药。和士女、盈盈欢谑。眼底春光何处也，只极天、野烧明山郭。侧身望，天地窄。　　遣愁何计频商略。恨今宵、书城空拥，愁城难落。陋室风多青灯灺，中有千秋魂魄。似诉尽、人间纷浊。七尺微躯百年里，那能消、今古闲哀乐！与蝴蝶，蘧然觉。

人月圆

梅

天公应自嫌寥落，随意著幽花。月中霜里，数枝临水，水底横斜。　萧然四顾，疏林远渚，寂寞天涯。一声鹤唳，殷勤唤起，大地清华。

卜算子

水仙

罗袜悄无尘，金屋浑难贮。月底溪边一晌看，便恐凌波去。　独自惜幽芳，不敢矜迟莫。却笑孤山万树梅，狼藉花如许。

八声甘州

直青山、缺处倚东南，万堞浸明湖。看片帆指处，参差宫阙，风展旌旗。向晚橹声渐数，萧瑟杂菰蒲。一骑严城去，灯火千衢。　不道繁华如许，又万家爆竹，隔院笙竽。叹沉沉人海，不与慰羁孤。胜终朝、襟裾相对，纵委蛇、人已厌狂疏。呼灯且觅朱家去，痛饮屠苏。

浣溪沙

曾识卢家玳瑁梁。觅巢新燕屡回翔。不堪重问郁金堂。　今雨相看非旧雨，故乡罕乐况他乡。人间何地著疏狂。

踏莎行

元夕

绰约衣裳，凄迷香麝。华灯素面光交射。天公倍放月婵娟，人间解与春游冶。 乌鹊无声，鱼龙不夜。九衢忙杀闲车马。归来落月挂西窗，邻鸡四起兰釭灺。

蝶恋花

急景流年真一箭。残雪声中，省识东风面。风里垂杨千万线。昨宵染就鹅黄浅。 又是廉纤春雨暗。倚遍危楼，高处人难见。已恨平芜随雁远。暝烟更界平芜断。

蝶恋花

窣地重帘围画省。帘外红墙，高与青天并。开尽隔墙桃与杏。人间望眼何由骋。 举首忽惊明月冷。月里依稀，认得山河影。问取常娥浑未肯。相携素手阆风顶。

蝶恋花

昨夜梦中多少恨。细马香车，两两行相近。对面似怜人瘦损。众中不惜搴帷问。 陌上轻雷听渐隐，梦里难从，觉后那堪讯？蜡泪窗前堆一寸。人间只有相思分。

蝶恋花

独向沧浪亭外路。六曲栏干，曲曲垂杨树。展尽鹅黄千万缕。月中并作濛濛雾。　一片流云无觅处。云里疏星，不共云流去。闭置小窗真自误。人间夜色还如许。

浣溪沙

舟逐清溪弯复弯。垂杨开处见青山。毵毵绿发覆烟鬟。　夹岸莺花迟日里，归船箫鼓夕阳间。一生难得是春闲。

临江仙

闻说金微郎戍处，昨宵梦向金微。不知今又过辽西。千屯沙上暗，万骑月中嘶。　郎似梅花侬似叶，朅来手抚空枝。可怜开谢不同时。漫言花落早，只是叶生迟。

南歌子

又是乌西匿，初看雁北翔，好与报檀郎。春来宵渐短，莫思量。

荷叶杯（六首）

戏效花间体

其一

手把金尊酒满。相劝。情极不能羞。乍调筝处又回眸。留摩留。留摩留。

其二

矮纸数行草草。书到。总道苦相思。朱颜今日未应非。归摩归。归摩归。

其三

无赖灯花又结。照别。休作一生拚。明朝此际客舟寒。欢摩欢。欢摩欢。

其四

谁道闲愁如海。零碎。雨过一池沤。时时飞絮上帘钩。愁摩愁。愁摩愁。

其五

昨夜绣衾孤拥。幽梦。一霎钿车尘。道旁依约见天人。真摩真。真摩真。

其六

隐隐轻雷何处。将曙。隔牖见疏星。一庭芳树乱啼莺。醒摩醒。醒摩醒。

蝶恋花

窈窕燕姬年十五。惯曳长裾，不作纤纤步。众里嫣然通一顾。人间颜色如尘土。　一树亭亭花乍吐。除却天然，欲赠浑无语。当面吴娘夸善舞。可怜总被腰肢误。

玉楼春

西园花落深堪扫。过眼韶华真草草。开时寂寂尚无人，今日偏嗔摇落早。　　昨朝却走西山道。花事山中浑未了。数峰和雨对斜阳，十里杜鹃红似烧。

蝶恋花

辛苦钱塘江上水。日日西流，日日东趋海。终古越山澒洞里。可能销得英雄气。　　说与江潮应不至。潮落潮生，几换人间世。千载荒台麋鹿死。灵胥抱愤终何是。

蝶恋花

谁道江南春事了。废苑朱藤，开尽无人到。高柳数行临古道。一藤红遍千枝杪。　　冉冉赤云将绿绕。回首林间，无限斜阳好。若是春归归合早。馀春只搅人怀抱。

水龙吟

杨花（用章质夫、苏子瞻唱和韵）

开时不与人看，如何一霎濛濛坠。日长无绪，回廊小立，迷离情思。细雨池塘，斜阳院落，重门深闭。正参差欲住，轻衫掠处，又特地、因风起。　　花事阑珊到汝，更休寻、满枝琼缀。算来只合，人间哀乐，者般零碎。一样飘零，宁为尘土，勿随流水。怕盈盈一片春江，都贮得、离人泪。

点绛唇

暗里追凉，扁舟径掠垂杨过。湿萤光大。一一风前堕。　　坐觉西南，紫电排云破。严城锁。高歌无和。万舫沉沉卧。

蝶恋花

莫斗婵娟弓样月。只坐蛾眉，消得千谣诼。臂上宫砂那不灭。古来积毁能销骨。　　手把齐纨相诀绝。懒祝秋风，再使人间热。镜里朱颜犹未歇。不辞自媚朝和夕。

人间词乙稿

去岁夏，王君静安集其所为词，得六十余阕，名曰《人间词甲稿》,余既叙而行之矣。今冬,复汇所作词为《乙稿》,丐余为之叙。余其敢辞。乃称曰:文学之事,其内足以摅己,而外足以感人者，意与境二者而已。上焉者意与境浑，其次或以境胜，或以意胜。苟缺其一，不足以言文学。原夫文学之所以有意境者,以其能观也。出于观我者,意余于境。而出于观物者，境多于意。然非物无以见我，而观我之时，又自有我在。故二者常互相错综，能有所偏重，而不能有所偏废也。文学之工不工，亦视其意境之有无与其深浅而已。自夫人不能观古人之所观，而徒学古人之所作，于是始有伪文学。学者便之，相尚以辞，相习以模拟，遂不复知意境之为何物，岂不悲哉！苟持此以观古今人之词，则其得失，可得而言焉。温韦之精艳，所以不如正中者，意境有深浅也。珠玉所以逊六一、小山所以愧淮海者，意境异也。美成晚出，始以辞采擅长，然终不失为北宋人之词者，有意境也。南宋词人之有意境者，唯一稼轩，然亦若不欲以意境胜。白石之词，气体雅健耳，至于意境，则去北宋人远甚。及梦窗、玉田出，并不求诸气体，而惟文字之是务，于是词之道熄矣。自元迄明，益以不振。至于国朝，而纳兰侍卫以天赋之才，崛起于方兴之族。其所为词，悲凉顽艳，独有得于意境之深，可谓豪杰之士，奋乎百世之下者矣。同时朱、陈，既非劲敌。后世项、蒋，尤难鼎足。至乾嘉以降，审乎体格韵律之间者愈微，而意味之溢于字句之表者愈浅。岂非拘泥文字，而不求诸意境之失欤？抑观我观物之事自有天在，固难期诸流俗欤？余与静安，均夙持此论。静安之为词，真能以意境胜。夫古今人词之以意胜者，莫若欧阳公。以境胜者，莫若秦少游。至意境两浑，则惟太白、后主、正中数人足以当之。静安之词，大抵意深于欧，而境次于秦。至其合作，如《甲稿·浣溪沙》之“天末同云”、《蝶恋花》之“昨夜梦中”、《乙稿·蝶恋花》之“百尺朱楼”等阕，皆意境两忘，物我一体，高蹈乎八荒之表，而抗心乎千秋之间。骎骎乎两汉之疆域，广于三代；贞观之政治，隆于武德矣。方之侍卫，岂徒伯仲。此固君所得于天者独深，抑岂非致力于意境之效也。至君词之体裁，亦与五代北宋为近。然君词之所以为五代北宋之词者，以其有意境在。若以其体裁故，而至遽指为五代北宋，此又君之不任受。固当与梦窗、玉田之徒，专事摹拟者，同类而笑之也。光绪三十三年十月，山阴樊志厚叙。

浣溪沙

七月西风动地吹。黄埃和叶满城飞。征人一日换缁衣。　　金马岂真堪避世，海鸥应是未忘机。故人今有问归期。

浣溪沙

六郡良家最少年。戎装骏马照山川。闲抛金

弹落飞鸢。　何处高楼无可醉？谁家红袖不相怜？人间那信有华颠！

浣溪沙

城郭秋生一夜凉。独骑瘦马傍宫墙。参差霜阙带朝阳。　旋解冻痕生绿雾，倒涵高树作金光。人间夜色尚苍苍。

点绛唇

厚地高天，侧身颇觉平生左。小斋如舸，自许回旋可。　聊复浮生，得此须臾我。乾坤大，霜林独坐，红叶纷纷堕。

扫花游

疏林挂日，正雾淡烟收，苍然平楚。绕林细路。听沉沉落叶，玉骢踏去。背日丹枫，到眼秋光如许。正延伫。便一片飞来，说与迟暮。

欢事难再溯。是载酒携柑，旧曾游处。清歌未住。又黄鹂趁拍，飞花入俎。今日重来，除是斜晖如故。隐高树。有寒鸦、相呼俦侣。

蝶恋花

满地霜华浓似雪。人语西风，瘦马嘶残月。一曲《阳关》浑未彻，车声渐共歌声咽。　换尽天涯芳草色。陌上深深，依旧年时辙。自是浮生无可说，人间第一耽离别。

蝶恋花

斗觉宵来情绪恶。新月生时，黯黯伤离索。此夜清光浑似昨，不辞自下深深幕。　　何物尊前哀与乐？已坠前欢，无据他年约。几度烛花开又落，人间须信思量错。

祝英台近

月初残，门小掩，看上大堤去。徒御喧阗，行子黯无语。为谁收拾离颜，一腔红泪，待留向、孤衾偷注。　　马蹄驻。但觉怨慕悲凉，条风过平楚。树上啼鹃，又诉岁华暮。思量只有人间，年年征路。纵有恨、都无啼处。

浣溪沙

乍向西邻斗草过。药栏红日尚婆娑。一春只遣睡消磨。　　为沉酣从委枕，脸缘微笑暂生涡。这回好梦莫惊他。

虞美人

犀比六博消长，五白惊呼骤。不须辛苦问亏成，一霎尊前了了见浮生。　　笙歌散后人微倦，归路风吹面，西窗落月荡花枝。又是人间酒醒梦回时。

减字木兰花

乱山四倚。人马崎岖行井底。路逐峰旋。斜

日杏花明一山。　　销沉就里。终古兴亡离别意。依旧年年。迤逦骡纲度上关。

蝶恋花

连岭去天知几尺。岭上秦关，关上元时阙。谁信京华尘里客，独来绝塞看明月。　　如此高寒真欲绝。眼底千山，一半溶溶白。小立西风吹素帻，人间几度生华发。

蝶恋花

帘幕深深香雾重。四照朱颜，银烛光浮动。一霎新欢千万种，人间今夜浑如梦。　　小语灯前和目送。密意芳心，不放罗帏空。看取博山闲袅凤，濛濛一气双烟共。

蝶恋花

手剔银灯惊炷短。拥髻无言，脉脉生清怨。此恨今宵争得浅，思量旧日深恩遍。　　月影移帘风过院。待到归来，传尽中宫箭。故拥绣衾遮素面，赚他醉里频频唤。

蝶恋花

黯淡灯花开又落。此夜云踪，知向谁边著？频弄玉钗思旧约，知君未忍浑抛却。　　妾意苦专君苦博，君似朝阳，妾似倾阳藿。但与百花相斗作，君恩妾命原非薄。

虞美人

碧苔深锁长门路，总为蛾眉误。自来积毁骨能销，何况真红一点臂砂娇！　　妾身但使分明在，肯把朱颜悔？从今不复梦承恩，且自簪花坐赏镜中人。

蝶恋花

百尺朱楼临大道。楼外轻雷，不间昏和晓。独倚阑干人窈窕，闲中数尽行人小。　　一霎车尘生树杪。陌上楼头，都向尘中老。薄晚西风吹雨到，明朝又是伤流潦。

浣溪沙

掩卷平生有百端。饱更忧患转冥顽。偶听啼鴂怨春残。　　坐觉无何消白日，更缘随例弄丹铅。闲愁无分况清欢。

浣溪沙

似水轻纱不隔香。金波初转小回廊。离离丛菊已深黄。　　尽撤华灯招素月，更缘人面发花光。人间何处有严霜？

蝶恋花

落日千山啼杜宇。送得归人，不遣居人住。自是精魂先魄去，凄凉病榻无多语。　　往事悠悠容细数。见说他生，又恐他生误。纵使兹盟终不负，那时能记今生否？

菩萨蛮

高楼直挽银河住。当时曾笑牵牛处。今夕渡河津。牵牛应笑人。　　桐梢垂露脚。梢上惊乌掠。灯焰不成青。绿窗纱半明。

应天长

紫骝却照春波绿。波上荡舟人似玉。似相知，羞相逐。一晌低头犹送目。　　鬟云欹，眉黛蹙。应恨这番匆促。恼乱一时心曲，手中双桨速。

菩萨蛮

红楼遥隔廉纤雨。沉沉暝色笼高树。树影到侬窗。君家灯火光。　　风枝和影弄。似妾西窗梦。梦醒即天涯。打窗闻落花。

菩萨蛮

玉盘寸断葱芽嫩。鸾刀细割羊肩进。不敢厌腥臊。缘君亲手调。　　红炉赪素面。醉把貂裘缓。归路有馀狂。天街宵踏霜。

鹧鸪天

楼外秋千索尚悬。霜高素月慢流天。倾残玉椀难成醉，滴尽铜壶不解眠。　　人寂寂，夜厌厌。北窗情味似枯禅。不缘此夜金闺梦，那信人间尚少年！

清平乐

垂杨深院，院落双飞燕。翠幕银灯春不浅，记得那时初见。眼波靥晕微流，尊前却按凉州。拚取一生肠断，消他几度回眸。

浣溪沙

花影闲窗压几重。连环新解玉玲珑。日长无事等匆匆。　　静听斑骓深巷里，坐看飞鸟镜屏中。乍梳云髻那时松。

浣溪沙

爱棹扁舟傍岸行。红妆素萏斗轻盈。脸边舷外晚霞明。　　为惜花香停短棹，戏窥鬓影拨流萍。玉钗斜立小蜻蜓。

浣溪沙

漫作年时别泪看。西窗蜡炬尚汍澜。不堪重梦十年间。　　斗柄又垂天直北。官书坐会岁将阑，更无人解忆长安。

蝶恋花

忆挂孤帆东海畔。咫尺神山，海上年年见。几度天风吹棹转，望中楼阁阴晴变。　　金阙荒凉瑶草短。到得蓬莱，又值蓬莱浅。只恐飞尘沧海满，人间精卫知何限。

谒金门

孤檠侧，诉尽十年踪迹。残夜银釭无气力，绿窗寒恻恻。落叶瑶阶狼藉，高树露华凝碧。露点声疏人语密，旧欢无处觅。

喜迁莺

秋雨霁，晚烟拖。宫阙与云摩。片云流月入明河。鸩鹊散金波。　　宜春院。披香殿。雾里梧桐一片。华灯簇处动笙歌。复道属车过。

蝶恋花

翠幕轻寒无著处。好梦初回，枕上惺松语。残夜小楼浑欲曙，四山积雪明如许。　　莫遣良辰闲过去。起瀹龙团，对雪烹肥羜。此景人间殊不负，檐前冻雀还知否。

苏幕遮

倦凭阑，低拥髻；丰颊修眉，犹是年时意。昨夜西窗残梦里，一霎幽欢，不似人间世。

恨来迟，防醒易；梦里惊疑，何况醒时际。凉月满窗人不寐，香印成灰，总作回肠字。

浣溪沙

本事新词定有无？斜行小草字模糊。灯前肠断为谁书？　　隐几窥君新制作，背灯数妾旧欢娱。区区情事总难符。

虞美人

金鞭珠弹嬉春日，门户初相识。未能羞涩但娇痴，却立风前散发衬凝脂。　　近来瞥见都无语，但觉双眉聚。不知何日始工愁，记取那回花下一低头。

齐天乐

蟋蟀（用姜石帚原韵）

天涯已自悲秋极，何须更闻虫语。乍响瑶阶，旋穿绣闼，更入画屏深处。喁喁似诉。有几许哀丝，佐伊机杼。一夜东堂，暗抽离恨万千绪。

空庭相和秋雨。又南城罢柝，西院停杵。试问王孙，苍茫岁晚，那有闲愁无数。宵深谩与。怕梦稳春酣，万家儿女。不识孤吟，劳人床下苦。

点绛唇

波逐流云，棹歌袅袅凌波去。数声和橹。远入蒹葭浦。　　落日中流，几点闲鸥鹭。低飞处。菰蒲无数。瑟瑟风前语。

蝶恋花

春到临春花正妩。迟日阑干，蜂蝶飞无数。谁遣一春抛却去，马蹄日日章台路。　　几度寻春春不遇。不见春来，那识春归处。斜日晚风杨柳渚，马头何处无飞絮。

蝶恋花

袅袅鞭丝冲落絮。归去临春，试问春何许？小阁重帘天易暮，隔帘阵阵飞红雨。　　刻意伤春谁与诉？闷拥罗衾，动作经旬度。已恨年华留不住，争知恨里年华去！

蝶恋花

窗外绿阴添几许。剩有朱樱，尚系残红住。老尽莺雏无一语，飞来衔得樱桃去。　　坐看画梁双燕乳。燕语呢喃，似惜人迟莫。自是思量渠不与，人间总被思量误。

点绛唇

屏却相思，近来知道都无益。不成抛掷，梦里终相觅。　　醒后楼台，与梦俱明灭。西窗白。纷纷凉月。一院丁香雪。

清平乐

斜行淡墨，袖得伊书迹。满纸相思容易说，只爱年年离别。　　罗衾独拥黄昏，春来几点啼痕。厚薄不关妾命，浅深只问君恩。

人间词补编

浣溪沙

已落芙蓉并叶凋。半枯萧艾过墙高。日斜孤馆易魂销。　　坐觉清秋归荡荡。眼看白日去昭昭，人间争度渐长宵！

蝶恋花

月到东南秋正半。双阙中间，浩荡流银汉。谁起水精帘下看，风前隐隐闻箫管。　　凉露湿衣风拂面。坐爱清光，分照恩和怨。苑柳宫槐浑一片，长门西去昭阳殿。

菩萨蛮

回廊小立秋将半，婆娑树影当阶乱。高树是东家，月华笼露华。　　碧阑干十二，都作回肠字。独有倚阑人，断肠君不闻。

菩萨蛮

西风水上摇征梦。舟轻不碍孤帆重。江阔树冥冥。荒鸡叫雾醒。　　舟穿妆阁底。楼上佳人起。蓦入欲通辞，数声柔橹枝。

蝶恋花

落落盘根真得地。涧畔双松，相背呈奇态。势欲拚飞终复坠，苍龙下饮东溪水。　　溪上平冈千叠翠。万树亭亭，争作拏云势。总为自家生意遂，人间爱道为渠媚。

醉落魄

柳烟淡薄。月中闲杀秋千索。踏青挑菜都过却。陡忆今朝，又失湔裙约。　　落红一阵飘帘幕。隔帘错怨东风恶。披衣小立阑干角。摇荡花枝，哑哑南飞鹊。

虞美人

杜鹃千里啼春晚，故国春心断。海门空阔月皑皑，依旧素车白马夜潮来。　　山川城郭都非故，恩怨须臾误。人间孤愤最难平，消得几回潮落又潮生。

鹧鸪天

庚申除夕和吴伯宛舍人

绛蜡红梅竞作花。客中惊又度年华。离离长柄垂天斗，隐隐轻雷隔巷车。　　斟醁醑，和尖叉。新词飞寄舍人家。可将平日丝纶手，系取今宵赴壑蛇。

百字令

题孙隘庵《南窗寄傲图》(戊午)

楚灵均后，数柴桑、第一伤心人物。招屈亭前千古水，流向浔阳百折。夷叔西陵，山阳下国，此恨那堪说。寂寥千载，有人同此伊郁。

堪叹招隐图成，赤明龙汉，小劫须臾阅。试与披图寻甲子，尚记义熙年月。归鸟心期，孤云身世，容易成华发。乔松无恙，素心还问霜杰。

霜花腴

用梦窗韵补寿彊邨侍郎(己未)

海滑倦客，是赤明延康，旧日衣冠。坡老黎邨，冬郎闽峤，中年陶写应难。醉乡宽。更紫萸、黄菊尊前。胜沧江、梦绕觚棱，斗边槎外恨高寒。

回首凤城花事，便玉河烟柳，总带栖蝉。写艳霜边，疏芳篱下，消磨十样蛮笺。载将画船。荡素波、凉月娟娟。倩郦泉、与驻秋容，重来扶醉看。

清平乐

况夔笙太守索题《香南雅集图》(庚申)

蕙兰同畹。著意风光转。劫后芳华仍婉晚。得似凤城初见。

旧人惟有何戡。玉宸宫调曾谙。肠断杜陵诗句，落花时节江南。